あなたの子供が生みたかった

水木三甫

幻冬舎MC

目次

明るい葬式

丸井泰三の葬式に出席した参列者は、皆驚くような服装で葬儀場に現れた。ある者は社交ダンスの衣装を着ているかと思えば、ある者は大胆な水着姿、またある者は派手なジャケット姿等々。喪服を着ている者は誰ひとりいなかった。通りすがりの人たちは、まさかそこが葬式の会場だとは誰も思わなかったことだろう。

しかし、そこには丸井泰三の最期の願いが込められていたのだ。彼の遺書には次のように書かれていた。

「私の人生は素晴らしいものだった。これも、私が作り上げたこの会社をこれだけ発展させてくれた社員の協力、私が苦難に挫折しそうになったときに支えてくれた友人たち、そして何より妻をはじめとした家族みんなの愛のおかげであると確信している。感謝の念に堪えない、そう心の底から思っている。

私は自分の人生に満足しており、死を迎えるに当たって、悔いを残すことはひとつもなかった。本心から言うことができる。だから私の愛する皆さんには、私の死を悲しんではほしくはないのだ。

そこで、最後の贅沢な願いとして、私の葬式は明るい葬式にしてほしい。歌や踊りなどを皆さんには楽しんでいただき、満足して帰ってもらいたいのだ」

最初は世間体を気にしていた家族も、故人の遺志はやはり尊重すべきだと考え、世にも不思議な葬式の招待状なるものが親類縁者、友人たち、会社関係者へと送られることになった。

『丸井泰三が令和四年二月十五日、肺がんにより享年八十二で永眠いたしました。生前は格別のご高配を賜り、ありがとうございました。

ところで、丸井泰三の遺言により、葬儀は明るい歌と踊りを交えた楽しいパーティー風にしたいと考えております。つきましては、ご賛同いただけます方々のご出席をよろしくお願い申し上げます。なお、ご出席の際の服装につきましては、より明るく、より楽しいものをお選びくださいますようお願い申し上げます。ぜひ素晴らしいショータイムにしましょう。日時は……』

この招待状を受け取った親戚や友人、会社関係者の中には、この非常識な葬儀に対して、戸惑いを隠せなかった人たちも大勢いたようだ。結局、丸井泰三の葬式に参列したのは彼の家族、妻と娘、息子の三名と友人二名、それに会社の元部下三名という思いのほか少ない人数となってしまった。

天国でその様子を見ていた丸井泰三は、
「やはり今の日本では、まだこういう葬式は先進的すぎて、無理があったのかな」
と少々残念がっていた。それでも、集まってくれた人たちの派手な衣装には、それなりの満足感を覚えていた。

妻の典子は、趣味の社交ダンスの衣装（丸井泰三も好きだったピンクのドレスに、誕生日に買ってあげた真珠のネックレス、結婚記念日に贈ったダイヤモンドの指輪等々）を着用していた。

そして、その傍らには丸井泰三の友人の中では一番若い青年、妻の社交ダンスの講師及びパートナーでもある河合隆行が、こちらも青いラメ入りの社交ダンスの衣装で他の参列者と談笑していた。

娘の佳代子は大胆な黄色のビキニ姿に、首から赤い花飾りを下げていた。まるでリオのカーニバルを連想させるような身なりで、弟の宏となにやら話をしていた。

その宏といえば、ルパン三世のつもりか、赤いジャケット姿でこの葬式に参加していたが、他の参列者と比べてみると、地味と言わざるを得ない格好だった。今回の葬式のやり方に、最後まで反対していた宏にとっては一種の抵抗のつもりだった。

もうひとりの友人、田中松男は上下金ピカの衣装を着け、参列者の中ではひと際目立っていた。彼は、丸井泰三の会社が倒産寸前まで追い込まれたときに、資金を投資してくれた、ある意味、命の恩人だった。こちらは逆に、故人の遺志は尊重すべきだと最初から主張し、家族を説得した人物でもあった。

丸井泰三の元部下で、泰三引退後の現在、会社の役員に就いている長谷川篤、三浦芳樹、渡辺貞之の三名は、前もって連絡を取り合ったうえで、自分たちが結婚式の披露宴で着用した服装、それぞれ紫、緑、紅白のボーダーといった出で立ちでやってきた。


葬儀場には、丸井泰三が生前お気に入りだったフランク・シナトラの『マイ・ウェイ』や『フライ・ミー・トゥー・ザ・ムーン』などのヒット曲が流れ、シナリオどおりの明るい雰囲気を醸し出していた。

故人を偲びながらも、参列者ひとりも涙一粒こぼすことのない、笑顔に満ちた葬式。それを丸井泰三は天の上から、こちらも笑顔を浮かべて見守っていた。

妻の典子と河合隆行が社交ダンスを披露することとなり、会場は拍手喝采となった。ライトアップされた中を会場いっぱい利用して踊る二人のダンスは、長年のパートナーであることを見せつけるがごとく息もぴたりと合っていて、社交ダンスに興味のなかったまわりの人たちをも感動させるに充分だった。

悲しみを押し殺して、明るく振る舞う参列者に、天国の丸井泰三は思わず涙が出そうになった。

「いやいや、いかん。私が泣いてどうするんだ」

とひとり言。

けれども天国という場所は、下界の人たちの姿・形や話している声はわかるのだが、心の中まではわからないようだった。

実は妻の典子にとって、丸井泰三の死は願ってもないことだった。

典子は、泰三より年齢が二十歳も若かった。派手好きな女で、もともとは泰三が足繁く通っていた銀座のクラブで働いていたホステスだった。仕事一筋で家庭を顧みなかった泰三は、前妻のがんに気づいてあげられなかった。前妻が亡くなったときの落ち込みようは、はたから見ても痛々しいほどだった。典子はその泰三の心の隙間に、ここがチャンスとばかりにつけこんで、後釜に座ってしまったのだ。

泰三はまったく気づいていないようだったが、典子はパートナーの河合隆行と不倫関係にあった。

〝これで彼と結婚することも可能になる〟

典子には、夫の死を悲しむ気持ちなどひとつもなかった。それどころか多額の遺産による、夢と希望に満ちた贅沢な将来を思い浮かべ、自然と笑顔になっていただけだったのだ。

その河合隆行にしてみても、丸井泰三に対する悲しみの念など皆無といってよかった。彼は若くてハンサムな青年だった。しかし、子供の頃から貧乏で、自分の美貌を利用して金持ちになることしか考えていないような男だった。社交ダンスの講師を目指したのも、金持ちの未亡人でも騙して、金儲けができるのではないかという期待からだった。年寄りの夫を持つ典子のダンスの講師となり、パートナーとなると、最初はお小遣いをもらうようになり、ついには愛人契約を結ぶに至った。

〝泰三が死ねば、遺産の多くが典子のものになる。典子から泰三の遺産をいくら引き出してやろう。金使いの荒い本命の彼女へのプレゼント代をいくら搾り取ってやろう〟

つまり隆行は、泰三が早く亡くなるようずっと願っており、今回の泰三の死を心の底から喜んでいた。隆行の表情に笑顔が浮かぶのは、当然のことだったのだ。

娘の佳代子は佳代子で、夫の投資の失敗により家計は火の車だった。抱えた借金も返済不能寸前という、自己破産を考えざるを得ない状況に陥っていた。

佳代子は典子の娘だ。見栄っ張りで派手好きな性格は、母親からしっかりと譲り受けたようだ。泰三からもらった資金を元手に、投資会社を設立し、サラリーマンだった夫をその社長に据えていた。しかし、もともと投資の経験などまったくなかった夫は投資に失敗し続け、それを取り返そうと無理な投資をさらに繰り返し、借金を膨らませていたのだ。

実は遺産目当てに父親の殺害計画まで話し合っていたくらいで、父親の死は願ったり叶ったりの出来事だったのだ。

〝人殺しにならずに、お金が入ってくる〟

それを想像するだけで、佳代子は笑いが止まらなかった。

息子の宏も同じようなものだった。会社の次期社長には自分がなれると思い込んでいた宏は、あるとき父親から、

「五年間お前のことを見てきたが、お前は経営者の器ではないのがわかった。だからトップに立てるとは考えるな。自分のやりたいことがあるなら、今のうちからよく考えておけ」

と言われてしまった。自分の実力を理解しようとしない父親には恨みを持っていた。

宏は泰三のワンマンぶりが遺伝子に組み込まれていると思えるほどの、傲慢さと神経の図太さを持ち合わせていた。大学を卒業して、すぐに泰三の会社に入社すると、二年

目にして役員となった。仕事も知らないくせに、いつも社内で部下に威張り散らし、失敗をすればそれをすべて部下のせいにした。部下はいつも、宏の尻拭いばかりさせられていた。

〝うるさい父親さえいなくなれば自分が社長になれる〟

宏は根拠のない自信を持っていた。つまり、父親の死は自分にとってのチャンスだと思っていたのだ。


それでは、友人の田中松男はどうなのだろうか。丸井泰三にとって命の恩人といってもいい彼でさえも、丸井泰三の死に何の悲しみも抱くことはなかった。

彼は資産家であり、その資産をさらにどれだけ増やせるかに情熱をかける、守銭奴だった。彼は、丸井泰三から自社の株価がすぐに何十倍にも上がるという内部情報を聞き、それを目当てに泰三に資金を提供していたのだ。

〝内部情報というのはまったくのでたらめだった。後でわかったが、最初から泰三は自分を騙していたのだ〟

会社は今や倒産寸前で、その株式の価値は今や紙同然となりつつあった。

田中松男がこの風変りな葬式に参列した本当の理由は、妻の典子に、夫の泰三が自分を騙して出させた資金を全額返すよう訴えるためだったのだ。

残りの三名、長谷川篤、三浦芳樹、渡辺貞之の役員トリオも丸井泰三の死を心の底から喜んでいた。会社を私物化し、自分の代表取締役社長という立場を利用し、私腹を肥やしてきたうえ、それに逆らう者は社員だろうが役員だろうが容赦なく切り捨てる丸井泰三のやり方にはもともと大いに不満を持っていた。左遷された社員や首を切られた役員を何人も見てきたこの三名は、社長の処分（会社では天の声と呼ばれていた）を恐れて何も言うことができなかった。何でも言うことを聞く忠実な部下としての役割にも我慢の限界が近づいていた。退任してからもなお、陰の実力者として実権を握っていた丸井泰三の死は、根は真面目で、会社を良くしたいと考えていた三人にとってはまたとないチャンスがやってきたことを意味していたのだ。

〝これは、社長の息子だというだけで、仕事もできないくせにえらそうな態度で威張り散らしていた丸井宏を追い出す絶好のチャンスだ〟

丸井泰三の一風変わった葬式は、参加者みんなの笑顔の中、何事もなく無事終わった。結局、表面上は丸井泰三の思い描いていたとおりの葬式が行われたといえよう。

しかしながらその実態たるや、彼の死を悲しむ者などひとりもいない、本人の意図とはかけ離れた「明るい葬式」だった。

あなたの子供が生みたかった

1

その日、早川美春はいつもより三分早く家を出た。

特に理由はない。いつもの目覚ましが六時に鳴り響く音で目覚め、トイレに入り、シャワーを浴びる。朝食を準備し、茶色に染めた髪にウェーブをかけ、大きな瞳の目元を中心に化粧をする。朝食後に歯を磨き、バッグの中身を確認する。出掛けに仏壇の夫の写真に向かって「今日も一日私を守ってください」と祈りを捧げる。毎日同じローテーションなのだが、これだけの作業をしていれば、三分くらいは誤差の範囲となる。そんなわけで、その日、早川美春はいつもより三分早く家を出た。

雲の切れ間から太陽がのぞいている。美春は日傘を開いてバス停へと向かった。

バス停までは徒歩五分かかる。普段はそこから七時五分発の市立病院前行きのバスに乗る。一本前のバスは六時五十五分発なので、三分の誤差はそのままバスの待ち時間に変わるはずだった。

「あれ」

いつものバス停にバスが停まっていた。バスの時間なんてあまりあてにはならないが、朝のこの時間はだいたい時刻表どおりにバスは停留所に到着していた。

美春は慌ててバスに飛び乗った。


少し走っただけで、どっと汗が噴き出す。まだ六月の半ばだというのに、このところ早朝から真夏日の暑さが続いていて、梅雨の始まる気配がまったく見えない。ただ車内は冷房が効きすぎるくらいに冷えていた。美春は体を震わせながら、ハンカチで額の汗を拭った。


車内の座席はすべて埋まっていた。この時間帯で座れないことは今まであまりなかった。仕方なしにつり革に指を引っかけ、車内に目をやる。

座席は十代後半から三十代くらいの男女で占められていた。いつもならば大体同じメンバーが乗っているはずなのに、今日だけは知っている顔がひとつもなかった。

普段と違うのはそれだけではなかった。

携帯電話をのぞいている乗客は一人もいなかった。新聞や本を読んでいる人もいなかったし、居眠りしている人もいなかった。車内はシーンと静まりかえり、乗客たちはみな膝に両手を当て、背筋を伸ばして、ただバスの前方を一心に見ていた。すべての乗客は青ざめた顔をしていたから、たぶん市立病院へ行くところなのだろう。車内には病人特有の辛気くさい空気が充満している。

〝変な病気を移されなければいいけど〟

そう思いながら、窓の外を流れていく見慣れた街並みに意識を集中した。

いつものバス停で降り、澱んだ空気を吐き出すために大きく深呼吸した。ミンミンゼミの鳴き声が耳の奥までウァンウァンと響き渡る。止まっていた汗が再び肌を伝う。美春は首筋の汗を拭きながら、発汗作用のある音もこの世界にはあるのだなあと思う。

「美春、おはよう」

後ろから同期の秋山沙也加の声がした。

「おはよう」

美春は振り向きながら、それに答えた。

「今日も暑いね」

「本当。夏本番になったらどうなるんだろう?」

「早く冷房の利いた事務所に入りたーい」

「でも、走る気にもならないね」

二人は木陰を選んで歩いた。ときどきドライヤーを浴びせられたような熱風が吹く。

「でも今日、バスの中がすごく寒かったんだよね。まるで冷凍庫にいるみたいだった」

「それはやりすぎね。寒暖差はお肌の敵だよ」

「うん。でもそれだけじゃないの」

美春はバスの中で見た不思議な光景を沙也加に話した。

「なんか気味悪いね。幽霊バスにでも乗ったんじゃないの？」

「何よ、幽霊バスって？」

「だって、美春の話を聞いていると乗客はみんな幽霊みたいじゃない」

「でも、行き先は市立病院よ。ただの病気だよ」

「市立病院は閉鎖になったはずだよ」

「えっ、知らなかった。でもバスには確か市立病院前って書いてあったよ」

「バス会社が追いついてないんだよ、きっと。明日も同じバスに乗ってみなよ。明日会社休みでしょ？　終点まで行ってみるの。もしかしたらお墓に着くかもしれないよ」

「やだー、気持ち悪いこと言わないでよ。バスに乗れなくなっちゃうじゃない」

「暑いときには怪談話が定番じゃん」

「涼しい程度の話だったらちょうどいいけど、寒い話は勘弁してほしいよ」

二人は外壁がガラス張りの大きなビルに入り、エレベーターを待つ人の群れに加わった。

「おはようございます」

部屋に入ると、課長から声がかかった。

「調子はどう?」

「はい、とりあえずは大丈夫みたいです」

「そうか。まあ、ああいうことがあった後だから、あまり無理はしないように。病を治すことを最優先してください」

「はい、ありがとうございます」

早川美春が自分の席に着こうとすると、何人かの視線が追いかけてくるのがわかった。

部内のみんなに迷惑をかけているのはわかっている。だからあの日退職願いを課長に出したのだ。しかし、課長だけでなく、同僚たちも美春が退職するのを止めてくれた。みんなの親切が痛みを抱えた胸にさらなる圧迫感を加えたが、美春自身働かなければ生きていけないのだから、好意を素直に受け取ることにした。今、美春は週三日勤務している。仕事内容も書類整理など軽い業務だけしていればいい。いわゆるうつ病からの業務復帰マニュアルに沿った対応である。

〝なんだか新入社員に戻ってしまったみたいだな〟

美春は思った。

〝あの事故さえなければ、こんなことにならずに済んだのに〟

その思いは今も胸から消えることはない。

2

早川達也は橘美春が入社したベンチャーＩＴ企業の新入社員研修担当だった。もちろんベンチャー企業の常として、研修担当だけやっていればいいわけもなく、日中は研修業務に当たり、夕方から自分の本業であるシステムエンジニアとしての仕事にやっと取りかかれるという毎日を過ごしていた。

身長は百七十センチほどで、やや小太りだったが、愛嬌のある細い目は、笑うとさらに細くなり、優しさが滲み出てくる。しかし、仕事には厳しく、美春はよく叱られていた。

まわりの社員はラフな服装で働いていたが、達也だけはいつもスーツにネクタイ姿だった。美春には達也がまわりの社員とは別格の存在に見えた。一度理由を聞いてみると、

「やっぱり研修担当者は形だけでもしっかりしておかなくちゃな」

と目を細めて笑った。

美春は達也の仕事にひた向きな姿勢を尊敬し、いつしか憧れを抱くようになった。

研修が終わると、達也は美春の直属の上司となった。

「俺は徹底的にお前を指導するからな。研修時代みたいに甘えられるなんて思わないでおけ」

美春は喜んで、その言葉を受け取った。


沙也加とは部署が別れたが、会社帰りにはよく会って、お互いの部署の情報交換や実のないくだらない話をした。

「美春はもう彼氏いるの？」

「そんなのいないよ」

「好きな人くらいいるんでしょ？」

「それはまあ……。沙也加はどうなの？」

「私、今総務部の渡君と付き合ってるの」

「へえ、そうなんだ。うらやましいな」

「積極的に行かなきゃ駄目よ。今の男は告白を待ってるから。渡君だって私のことを好きだったって、こっちが付き合ってくれって言った後にやっと言ったんだから」

「そんな人はイヤ」

「わかってるよ。美春は達也先輩みたいにシャキッとした男らしいタイプが好きなんだよね」

「えっ、どうしてわかるの?」

「だって、美春って達也先輩のことをいつも見ているんだもん。わからないわけないよ」

「達也先輩も気づいているのかな?」

美春は顔を真っ赤にして聞いた。

「ああいうタイプの男はそういうのにはまったく気づかないわよ。だから、美春から積極的に行かなきゃ」

「私には無理よ」

「なんかじれったいな。好きなら好きって言うのは当たり前のことだと思うけど。私が言ってあげようか?」

「やめて。だって、達也先輩ってモテそうだし、断られたら会社に出て来られなくなっちゃうよ」

「弱気ね。でも美春だって充分美人なんだから、もっと自分に自信をもったほうがいいよ」

美春は達也に会えるだけで幸せだった。毎日会社に行くのが楽しくてしょうがなかった。

達也が転職を決めたのは、美春が入社して二年目の夏だった。成績優秀だった達也は大手ＩＴ企業にヘッドハンティングされたのだ。

引き継ぎ業務は事務的に進められた。達也は美春の実力を理解していた。

「美春、お前ならできる。なんてったって俺が教育したんだからな」

しかし、美春は達也に会えなくなる淋しさを堪えるのに必死だった。油断すると涙がこぼれてしまいそうで、美春は達也の声を真剣に追いかけた。

送別会の日。

社長を含め、二十二人のメンバーが集まった。美春は端の席に一人静かに座っていた。

〝今日で達也先輩と会えなくなる〟

明日からの自分が何をすればいいのかわからなかった。送別会も本当は出たくなかったが、直属の部下が欠席するわけにもいかなかった。見かねた沙也加が美春の隣の席に着いた。

「大丈夫？　泣くのだけは勘弁だからね。一次会終わったら付き合ってあげるから」

「ありがとう」

美春がポツリと言った。

司会が乾杯の音頭を社長にお願いした。

「えー、早川達也君は私が会社を立ち上げた年に新入社員として入社し、優秀な成績をあげ、我が社の業績発展に努めてくれた恩人と言ってもいい社員でした。もちろん我が社のこれからのさらなる発展に必要な人材であり、今回の退職については、私も大変なショックを受けています。しかし、早川君には早川君の人生があります。私としましては、早川君のこれからの活躍を期待しています。残ったみんなも早川君の分まで頑張ることで、早川君の会社のライバルと呼ばれる存在になれるよう努力を積み重ねていこうじゃないか。今日は送別会ですが、さようならではなく、ありがとうの言葉で、早川君を見送ろう」

全員のグラスにビールが注がれたのを見て、

「それでは、早川君の未来に乾杯。ありがとう」

乾杯の声が会場を包んだ。

宴もたけなわになったとき、突然達也が立ち上がり、大きな声を上げた。

「発表したいことがあります」

まわりが一瞬で静かになり、みんなの視線が達也に集まった。

「お前らが俺と美春が付き合っているんじゃないかって噂していたことは知っていた。しかし、事実として俺と美春は付き合っていなかった。俺たちの関係は上司と部下、ただそれだけだった」

場が一段と静まった。美春は淋しくなって下を向いた。

「しかし、これからは上司と部下の関係ではなくなるわけだ」

達也が真剣な目で美春を見た。

「だから今、俺は告白する。美春、俺と付き合ってくれ」

一瞬の間があいたあと、ドッと歓声があがった。

美春は達也の顔を見ることもできず、レモンサワーをかき混ぜながら、小さくうなずいた。

「キス、キス、キス」

どこからともなくキスコールがあがった。

「馬鹿野郎。お前らの前でキスなんてするわけないだろう。キスが見たけりゃ結婚式に参加しろ。なっ、美春」

美春の瞳に涙があふれていた。隣に座っていた沙也加がハンカチを差し出しながら、

「良かったね」

と耳元で囁いた。


大盛り上がりのうちに送別会は終わった。男の同僚や部下が達也を引き連れて二次会へと向かった。

「行かなくていいの？」

沙也加は聞いた。

「うん」

美春は小さく頭を下げた。

「沙也加、二人でお茶でもしよう？」

「なあんだ。こんな仕掛けがあったとは」

沙也加が笑った。

「美春も共犯だったの？」

美春は赤かった顔をさらに赤くして、

「そんなわけないじゃん。私だってびっくりしたよ。達也先輩が私のこと好きだったことも知らなかったのに」

「美春は鈍いからね。会社の人なら誰だって達也先輩が美春のこと好きだって知ってたよ」

「そんなことないよ」

「そんなことあるって。だから今日、最後の日にサプライズを仕掛けたんじゃない」

「でも、嬉しいっていうよりビックリのほうが大きくて、まだ実感が全然湧かないんだよね」

「きっとお似合いのカップルだよ。絶対にそう思う。うらやましいなあ」

「渡君とはうまくいってないの？」

「根性なしっていうのか、草食系っていうのか、積極性ってものが全然ないのよ。まあ、最初からわかっていたことなんだけどね。ゴールデンウィークはどこ行くって聞いても、もじもじしながら『どこでもいいから沙也加が決めて』よ。嫌になっちゃう」

「そんなところが逆に合ってるのかもしれないよ」

「そうかな？　それならそれでいいんだけど」

「でも、あんな席で断われるわけないよね。達也先輩って案外意地悪なんだ」

「だって断わるわけないじゃない。達也先輩だって美春の気持ちを知っていたからこその告白なんだから」

「なんか酔いが覚めちゃったね。今日はもう帰るよ」

「じゃあ、またね」

3

両思いだけあって、早川達也と橘美春の交際は順調に進んでいた。ただ、達也の仕事が終わるのが遅いため、デートのたびに美春はよく沙也加を誘って喫茶店や居酒屋で時間を調整していた。

「当たるので有名な占い師さんに占ってもらったら、二人の相性はぴったりだって言われたの」

美春は沙也加に嬉しげに言った。

「何それ」

「もう今すぐ結婚しなさいって言うの。そうすれば死ぬまで幸せになれるって」

「のろけちゃって。じゃあ、早く結婚しちゃいなよ」

「だってプロポーズは達也先輩からしてもらわないと」

「恋人同士なのにまだ達也先輩って呼んでるの？」

「うん。他になんて呼んでいいかわからなくて。それより渡君とはどうなの？」

「あっ、うん。別れたよ」

「えっ、なんで？」

「好きな人ができたから別れてくれって。あんなに優柔不断なやつが自分から告白したんだって。バカにするにもほどがあるわ。私、頭にきたからあいつの頬を思いっきり叩いてやったわ。そしたら、泣き出しちゃってさ。泣きたいのはこっちだって」

「そうだったんだ？　残念だったね」

「あんなやつはこっちから願い下げよ」

沙也加はグラスのビールを飲み干した。

「これから達也先輩と会うんでしょ？」

「うん。最近新しいプロジェクトが始まったみたいで残業が多いの」

「達也先輩は真面目に働きすぎるから、夜くらいはゆっくり休ませてあげないといけないよ」

「やだ、私から誘ったりなんてしたことないよ」

「それにしても、まったく彼氏との待ち合わせの時間つぶしの相手をさせられるなんて」

「感謝してるわ」

「じゃあ、誰かカッコいい男を紹介してよ。達也先輩の会社の人と合コンするとか」

「一応言ってみるわ」

「一応じゃなくて必ず言ってね」

「でもね、さっきの占いの話、私当たってると思うの。だって私、早川先輩がいないとどうすればいいかわからないから。早く結婚したいな」

「はいはい、ごちそうさまです」


その年の美春の誕生日に、達也はプロポーズした。美春は泣きながら婚約指輪を左手の薬指にはめてもらった。

結婚式はコロナウイルスの影響もあり、少人数で行われた。沙也加は友人代表として一人出席した。

「美春は入社してすぐに、達也先輩に惹かれていました。その達也先輩がみんなの前で、サプライズで美春に交際しようと言ったときの美春の顔を、私はいまだに覚えています。あんな幸せな顔は今まで一度も見たことがありませんでした。でも今日、達也先輩の隣に座っている美春は、あのとき以上に幸せそうな顔をしています。相思相愛で結ばれた美春、そして達也先輩、本当におめでとう」

会場中に拍手が鳴り響いた。

結婚後も美春は沙也加とたびたび食事をした。

「達也先輩のこと、なんて呼んでるの？　まさかいまだに先輩なんて呼んでないよね」

「うん。当たり前だよ。達也って呼んでる。なんか達也って言うと本当に結婚したんだあって感じる」

「うらやましいなあ」

「彼氏はあれからまだできないの？」

「ダメ。きっかけ自体がなさすぎるんだよ。うちの会社にはろくでもない奴しか残っていないの、知っているでしょ？　新人に期待しているんだけど、期待外ればっかり。そういえば合コンの話はどうなったの？」

「達也が忙しくて、それどころじゃないみたいなの」

「もう、期待しているんだから、とにかく一回だけでも設定してよ」

「でも、合コンに来る男なんて遊び人ばかりかもよ」

「それを言うなら出会い系アプリだって怪しいことになるけど、今はアプリで相手を見つけて結婚する人も多いみたいだよ」

「沙也加は出会い系アプリをやってるの？」

「まだ。なんか恐くて。美春の旦那みたいに良い人はなかなかいないよ」

「そりゃそうだよ。毎朝、『愛してるよ』ってキスしてくれるし、仕事で夜遅くまでかかっても、晩ご飯の片づけは全部やってくれるの。あんなに素敵な人はいないわ」

「ちくしょう、うらやましい」

「私、もう達也なしじゃ生きていけないよ。子供も早く作ろうって話してるんだ」

「わかった、わかった。もう充分だよ。とにかく合コンの設定よろしくね」

「わかった。もう一度言ってみる」

「少しくらいは強引に言ってよ」


結婚後半年が経ち、美春は妊娠した。妊娠三か月だった。

達也は大喜びして、美春のお腹に手を当てた。

「まだ三か月だよ。お腹触ってもわからないし、動くのだってだいぶ先のことよ」

「そうか、でも体だけは大事にしてくれよ。俺と美春との愛の結晶なんだから」


それからというもの、達也は忙しい仕事の合間にも家事を手伝ってくれた。産婦人科へは夫婦で通い、そのたびに達也はお腹の中の赤ちゃんが大きくなったと喜んだ。

早く達也の子供が欲しい。達也と私の子供の顔が見たい。美春はまだ大きくなってもいないお腹を撫でながら、

「早く生まれておいで」

と毎日のように声をかけた。

〝世の中に自分以上に幸せな人はいない。赤ちゃんが生まれたあと、三人での暮らしはもっと素敵な日々になるだろう〟


しかしあの日曜日、美春の幸せは木っ端微塵に砕け散った。あの事故のせいで。

忘れもしない二年前の九月八日、日曜日の自動車事故。

その日、久しぶりの休日だった達也は、美春の体を気遣って、コンビニへ昼食を買いに行き、その途中で事故に巻き込まれた。

泥酔した五十八歳の無職の男性の車が、歩道に突っ込んで、十四名が死傷した事故。死者三名のうちの一名が美春の夫、早川達也だった。二人が結婚してからたった七か月後の出来事だった。


事故の後、マスコミにインタビューを求められたが、美春はそれに応えられる状態ではなかった。兄が応対してくれ、無事にマスコミから逃れることはできたが、美春は一週間寝たきりで過ごした。

運転していた男は達也たちをはねた後も暴走し、電柱に正面衝突して即死した。自宅から遺書が見つかった。警察の調べで、他人を巻き込んでの自殺行為と判明した。身内もおらず、損害賠償請求も慰謝料請求もできなかった。しかし、それ以上に応えたのは、事故のショックで美春のお腹の赤ちゃんが流産したことだった。事故のせいで、美春は一度に夫と子供の二人を失ってしまった。美春には自分だけが生きている理由を見つけることができなかった。

「達也を返して。達也の子供を返して」

美春はときどき錯乱状態で叫んだ。

手首を切ったところを兄に見つけられ、心療内科へ連れていかれた。うつ病の診断書が書かれ、抗うつ剤と睡眠導入剤を処方された。

会社は休職となり、美春は毎日をベッドの中で過ごした。何をする気力もなかった。死にたくても、死ぬための準備をすること自体が億劫だった。ベッドの中だけが美春にとっての安全地帯に感じられた。このままベッドで眠ったまま死ねたら、どんなにいいだろうと思った。それでも気づかぬうちに涙があふれて、枕を濡らした。達也に会いたい。達也の赤ちゃんに会いたい。考えるのはそのふたつだけだった。独身だった兄が心配して同居してくれた。兄が準備してくれなければ食事すら喉を通らなかっただろう。

兄は無理やり美春に料理を食べさせた。達也や美春の両親も、心配して定期的に見舞いに来てくれた。

一年半後、美春は会社に復帰した。兄も安心して実家に戻った。心が落ち込むことはまだあったが、日常生活に支障をきたすことはなくなった。会社の業務復帰マニュアルが説明され、様子を見ながら仕事の範囲を増やしていくことに決まった。

4

翌朝、美春は会社が休みなのに、昨日と同じ時間、つまり、いつもより三分早めにバス停へと向かった。沙也加の言葉が頭から離れなかったからだ。

〝幽霊バスの正体を確かめてやる〟

バス停には昨日と同じようにバスが停まっていた。美春は走って、間一髪バスに乗るとができた。車内は相変わらず冷凍庫のように冷え、座席は顔色の悪い若者たちで占め[illegible]た

バスはいくつもの停留所を停まることなく走り続けた。途中乗車する者、途中下車す

る者は誰もいなかった。美春の知らない町をいくつか通り過ぎ、バスは終点の市立病院前で停まった。

今までまったく動こうとしなかった乗客たちがゆっくりと立ち上がり、出口へと向かった。乗客たちは運転手に定期券のようなものを見せてバスを降りていった。美春は最後に出口に向かい、定期券を運転手に見せた。

運転手は不思議そうな顔で美春を見た。

「あなたは今日のリストには入っていませんから、ここで降ろすわけにはいきません」

運転手はバスのドアを閉め、今来た道を戻り始めた。美春がいくら理由を問い質しても、運転手は一言も答えなかった。

美春は仕方なしに、自宅のある停留所で降りた。


謎は解明されるどころか、さらに深まった。

〝リストって何？　リストに入っていないと降りられない停留所って何？〟

美春はバス会社に電話した。

「はい、東丸交通です」

女性の明るい声が答えた。

美春は今朝の出来事をなるべく順序立てて話した。

「大変失礼ですが、お話の内容がよくわかりかねますので、こちらから質問させていただいてよろしいでしょうか？」

「はい」

「あなたが乗られた停留所は若松一丁目でよろしいですか？」

「そうです」

「どこ行きのバスでしたか？」

「市立病院前行きです」

「申し訳ございませんが、現在市立病院前という停留所は高綱町と名前を変えております。市立病院前行きのバスも高綱町行きに変更しております」

「えっ、そうなんですか？　確かに市立病院前って書いてあったと思ったんですが」

「何時発のバスに乗られましたか？」

「七時二分だと思います」

「あの、当社の運行表では高綱町行きのバスで若松一丁目、七時二分発はありません。六時五十五分と七時五分のあいだにはバスは一本もありません。本日の朝は特に問題もなく、バスは予定どおり運行されています。何か勘違いしていらっしゃいませんか？」

「他に市立病院前行きのバスはありませんか？」

「はい。他社も含めて運行しているのは弊社だけです」

そうまで言われてしまうと、美春は引き下がるしかなかった。

「すみませんでした。どうもありがとうございました」

美春は渋々電話を切った。


じゃあ、あのバスはどこの会社のバスだったのだろうか？　もしかしたら市立病院に勤めている人専用のバスということもあり得る。定期券のように見せていたのは社員証だったのかもしれない。でも、市立病院は閉鎖されたと沙也加が言っていた。ネットで確認してみると、やはり市立病院は四日前になくなっていた。

〝よし、とことん調べてやろう〟


それから美春は、休日には七時二分のバスに乗った。バスの中のメンバーは変わっているものの、いつも青白い顔をした若い男女が乗っているのだけは変わらなかった。

美春は乗客に話しかけたが、相変わらず美春の存在など無視するように、無表情に前を真っ直ぐ見ているだけだった。次に美春は、運転中にもかかわらず、運転手を質問攻めにした。

「なぜ自分だけ終点で降ろしてもらえないのか？」

「乗客はみな毎日どこに行くのか？」

「なぜもう閉鎖されたはずの市立病院前行きという表示を変えないのか?」

「そもそもこのバスはどこが運営しているバスなのか?」

しかし、やはり運転手も美春を無視し続けた。もちろん終点では降ろしてもらえず、結局は自宅近くの停留所で降りるはめになった。

美春はあきらめなかった。何度も何度もバスに乗り、乗客や運転手にしつこく問いかけた。


ある日、バスに乗ると、初めて運転手が美春に話しかけた。

「上司があなたとお話したいそうです。ご案内しますから、今日は終点で降りてもらいます」

どうやら美春の粘り勝ちのようだ。美春は疑問を解明できると信じ、他の乗客に笑顔を向けた。やはり乗客は一人もその笑顔に応えなかった。


終点に到着すると、まずは他の乗客が降ろされた。全員が閉鎖されたはずの市立病院へ入っていった。

「市立病院は閉鎖されていないんですか?」

美春は運転手に問いかけた。

「それも含めてお話ししますので、事務所までご足労いただきます」

美春は運転手に連れられて、市立病院へ入った。

5

事務室に通されると、スーツ姿の若い人物が椅子から立ち上がって挨拶した。

「本日はわざわざお出でいただき、ありがとうございます。私は厚生労働省特殊業務部の杉原と申します」

「はじめまして、早川美春です」

「さあ、どうぞ。おかけください」

美春はソファに腰かけた。

事務員がお茶を置いて、事務室を出ていった。

杉原がゆっくりと話し始めた。

「あなたもいろいろと質問があると思いますが、まずはこちらの質問にお答えください」

美春はうなずいた。

「あなたはまだ生きていらっしゃる。それなのに、どうしてあのバスが見えるのですか?」

「どういう意味ですか?」

「実はあのバスは死者の国から来たバスなのです。だから、生きている人間には見えるはずもなく、ましてや乗車することもできないはずなのです」

美春にはその答えの意味もわからなかった。

「私には普通に見えましたし、乗ることができました。それに私は生きています。だから、なぜ見えるかと聞かれましても、私にはわかりません」

「何か持病をお持ちですか?」

「はい、今うつ病の治療をしています」

「お答えいただけるならで結構ですが、うつ病の原因を教えていただけますか?」

美春は夫を交通事故で失くし、ショックで赤ちゃんを流産してしまったことを話した。

「なるほど。今までになかったことですが、それがバスの見える理由になるかもしれませんね」

「どういう意味ですか?」

「あなたは自殺を考えたことはありますか?」

「夫の事故以来、毎日のように考えていますが」

「あなたの望みはなんですか?」

「もちろん夫と子供を返してほしい。それだけが私の望みです」

「もし、あなたが旦那様に会えて、もう一度妊娠できるとしたら、あなたは死を選びますか?」

「もしそんなことができるのならば死んでもいいと思っています」

「わかりました。ところで、最初に一言言っておかなければいけないことがあります。この施設は日本政府が極秘に進めているあるプロジェクトのためのものです。だから今日のことは絶対に誰にも話さないでください」

「わかりました。絶対に言いません」

「よろしい。それでは、まずはこの施設の説明をいたします。その後は院内を案内します」

　杉原はひとつ咳をしてから話し始めた。

「日本の直近の課題として、少子高齢化があるということはご承知でしょう」

「はい、知っています」

「今回ある実験が成功しました。死者を呼び起こす実験です。あなたが乗られたバスの乗客はみんな一度死んだ人たちです」

「それが少子高齢化とどうつながるのですか?　死者を生かして働かせようというので

すか？」

「いいえ、違います。今回の実験の一番の目的は死者に子供を生んでもらうことにあります」

「だから若い人たちばかりバスに乗っていたんですね」

「あなたは頭のいい方だ。非常に理解が早い。この施設では毎日若い男女にセックスをしてもらっています」

「でも、生まれてきた子供はどうするんですか？」

「そこがひとつの大きな問題でした。今現在は孤児施設に入れて、育て親を募集しています。しかし、もちろんすべての赤ちゃんが育て親を見つけられるとは限りません。今は税金を使って孤児施設で育てています。一定の人数が生まれるまでは続けていくつもりです」

杉原が立ち上がった。

「それでは施設をご案内しましょう」

階段で二階へ上がるとすぐに男女の喘ぎ声が聞こえてきた。

「このフロアと三階が性交室となっています。一室ベッド六台でワンフロア六部屋あります。要するに七十二組の方々がここで性行為を行っています」

美春は目のやり場に困りながらも、杉原の後をついていった。

「四階は妊婦の方の療養所となります」

杉原はエレベーターに美春を乗せながら言った。

四階は医務室とオープンスペース、寝室、食堂に分かれていて、妊婦たちが穏やかな表情で休憩していた。

「医務室では、お腹の赤ちゃんの状態を一週間に一度確認しています」

二人は再び階段で五階へ上がった。


「ここが手術室です。ここで出産した赤ちゃんは六階と七階で養育しています」

五階にいる時点で赤ちゃんの元気な泣き声が聞こえている。

「見てみますか?」

「いいえ、結構です。大体の流れはわかりましたから。まるで子供を作る工場みたいですね」

「二歳の誕生日にそれぞれ契約している孤児施設へ子供たちは移されます。ここでの記憶を残さないためです。それでは一階の事務室に戻りましょうか」

事務室に戻ると、美春が杉原に尋ねた。

「セックスする相手はどうやって決めるんですか？」

「基本はお互いの同意を元に決めます。例えば早川さんがご主人としたければ、ご主人の同意によりカップルが成立するわけです。これがあなたの希望でしたよね」

「はい、もちろんです。見ず知らずの人とする気にはなれません」

美春は一番大事なことを聞いた。

「つまりは私が死ねば夫とカップルになれるわけですね？」

「もちろん相手の同意が必要ですが、早川さんの場合は新婚ホヤホヤなので、たぶん大丈夫でしょう。他に質問がなければ、以上で終わりにしますが」

「私たち夫婦に子供ができても、一緒に暮らせるというわけではないのですね」

「はい、死者と生者の境目ははっきりと区分されています」

「少し考えさせてください」

美春が言うと、

「よく考えてから決めてください。あなたの大切な命の話ですから」

杉原と入口で別れると、バスの運転手がバス停で待っていてくれた。

6

もともと自殺を考えていた美春にとって、達也と会えること、そして子供を作るチャンスがもらえることは非常にありがたいことだった。しかし、死に対する恐怖はあったし、生の世界を簡単に捨てられるとも思えなかった。何と言っても両親や兄がいる。これまで心配をかけてしまったのだから、これ以上身内を悲しませるわけにはいかない。

美春は睡眠導入剤を飲んでも寝つけなくなった。気持ちは生と死のあいだをシーソーのように揺れ動いた。心療内科で強めの睡眠導入剤に替えてもらったが、効いたのは最初の一週間だけで、不眠症はすぐに再発した。週三日間の会社も休みがちになった。


「ねえ、大丈夫?」

沙也加からすぐに電話が来た。

「また眠れなくなって、いつもボーッとした感じ。何をする気力もないの」

「寝なきゃ駄目だよ。せっかく治りかけてたんだから」

「うん。それはわかってるんだけど、寝ようとするといろんなこと考えちゃって眠れないの。お薬も強いのに替えてもらったんだけど」

「そうだ。今日、美春のうちに行こうか。一泊するから。気分転換にもなるでしょ」

「悪いわ。病人の付き添いなんかさせちゃ」

「いいのよ。彼氏もいないし、暇を持て余しているんだから。外泊なんて久しぶりだし」

「相手が女性で残念ね」

「そんな冗談が言えるなら、まだ安心だね。とにかく今日会社終わったら行くから」

「ありがとう。後で何かお礼するから」

「そんなことは考えないでいいから。七時半には行けるから。じゃあね」

「ありがとう」


沙也加はスーパーの袋を両手に抱えて、七時二十分に美春の部屋に着いた。

「栄養のつくもの買ってきたから」

「ほんとにありがとう」

「今すぐ作るから待っててね」

沙也加は準備よくエプロンまで持ってきていた。

「今日のメニューはにんにくたっぷりのステーキだから。とは言ってもポークだけどね。給料日前だから牛肉は買えなかったの。ごめんね」

「大丈夫よ。給料が少ないのは知っているから」

「憎たらしいこと言うね。せっかく作ってあげるのに」

「ごめん。でも楽しみ」

料理がテーブルに並んだ。ポークステーキにポテトサラダ、オニオンスープにデザートのケーキまであった。美春にとっては達也がいなくなってから、こんな豪勢な夕食は初めてだった。

「すごい。いつもこんな夕食作ってるの？」

「なわけないじゃない。今日は特別。美春宅外泊記念日だから」

「おおげさすぎるよ」

「まあ、食べて。こう見えても料理には自信があるの。いつでもお婿さん受け入れオッケーなんだけどね」

「いろいろありがとう。じゃあ、いただきます」

「紅茶を入れるわね」

食後のデザートを食べる前に美春が言った。

「駄目よ。今日は美春はお客様なんだから」

「本当は私がやらなきゃいけないのに」

「いいの、いいの。もし私が病気になったらお返ししてくれればいいから」

ダブルベッドに二人で寝た。

「ねえ、そういえば幽霊バスの件はどうなったの？」

沙也加が聞いた。

「えっ。ああ、あの件ね。結局何もわからずじまいだよ」

「なんだ、つまらない。じゃあ、明日見に行こうよ」

「でも、あれからバスは一度も見てないよ」

「構わないよ。どうせ会社に行く途中なんだから」

そう言われて断りきれなかった。杉原は普通の人には見えないと言っていたから、まあ何も起きないだろう。

その夜、美春は久しぶりに熟睡した。


次の朝、二人は停留所に七時前に到着した。沙也加が見逃したくないからと美春を急かしたから。

沙也加は機嫌よく、幽霊バスについていろいろな質問をしてきたが、

「最近は見てないし、たぶん来ないと思うよ」

と適当に答えた。

七時二分、バスがやってきた。

「あっ、バスが来たよ」

美春が思わず言った。

「えっ、どこ？　どこにもないじゃない？」

沙也加が不思議そうに聞いた。しかし、美春は沙也加の言葉をまったく聞いていなかった。

「達也が乗ってる」

美春は走り出そうとした。

「行っちゃ駄目」

沙也加が美春の腕をつかんだ。

「どうして？　だって達也がいるんだよ。達也に会えたんだよ」

「美春は病気がまだ治っていないの。バスだってないし、達也さんだっていないわ」

「達也は知らない女とセックスするんだよ」

「何をわけのわからないこと言ってるの。何もないんだよ」

必死に止める沙也加の腕を振り切って、美春は停留所まで走っていった。沙也加がすぐに追いかけたが、停留所の前で突然美春の姿が消えた。

沙也加は呆然と立ちすくんだまま、見えないバスの行方を目で追うことしかできなかった。

　その日から美春は会社を無断欠勤した。

　沙也加が電話しても出なかった。美春の部屋の鍵も掛けられたままで、インターフォンを押しても返事がなかった。会社から美春の実家に連絡を入れた。兄が慌てて美春の部屋に行ったが、部屋の中には誰もいなかった。美春の兄は警察署へ行方不明の届けを提出した。


　それから一週間後、沙也加の携帯にラインが入った。美春からだった。

「今までいろいろありがとうね。私は達也さんのところへ行くことに決めました。二人で子供を生みます」

と書かれていた。

　沙也加は美春の部屋へ急いだ。


　美春のアパートの前にはパトカーと救急車が停まっていた。制服の警察官二人と美春の兄が何か話していた。傍らには美春の両親が立っていた。崩れ落ちそうに泣いている母親を父親が両腕で抱きかかえていた。

「何があったんですか」

沙也加にはもちろんわかっていたが、聞かずにはいられなかった。

「あなたは？」

警官の一人が沙也加に尋ねた。

「美春の友人です」

美春の兄が代わりに答えた。

「そうですか。美春さんは亡くなりました。部屋の中で首を吊っていました。現状からいって自殺と思われます」

沙也加は地面に膝をつき、両手に顔をうずめた。

「今日はなぜここに来たのですか？」

警官が優しく問いかけた。

沙也加は話すこともできず、携帯のライン画面を警官に見せた。美春の兄も画面を見た。

「今までいろいろ美春の力になってくれてありがとう」

兄が沙也加の肩に手をかけた。

同様の内容の遺書が家族宛てにも書かれていた。文章の最後には、美春が赤ちゃんを抱いて、達也に微笑みかけているイラストが書かれていた。

後から思うに、美春が停留所の前で消えたあの瞬間、美春はこの世界とは別の世界へ行ってしまったのだ。沙也加はあの日、もっと強引にでも美春を止めなければいけなかったのだ。あのとき、美春を守れたのは沙也加しかいなかったのだから。

次の日の朝七時二分、沙也加は若松一丁目のバス停にいた。バス停にはまだ誰もいなかった。

沙也加は見えない世界をのぞくように、目を細めてバスの来る方向を見つめた。しかし、バスはどこにも見えなかった。

ちょうどその時、バスは若松一丁目のバス停の前を走っていた。そして後部座席には美春が座っていた。美春は隣の達也の顔を笑顔で見つめていた。

湖の記憶

1

目の前に湖が広がっている。

空には重い雲が立ち込め、湖はグレーに濁っていた。ときおり強い風が吹き、湖の面を波立たせている。

森本サトルは高台の駐車場に車を停め、湖全体を見下ろせる場所を探していた。駐車場の先には芝生が広がり、ベンチが四組並んでいる。

一番奥のベンチの前まで歩く。そこならば湖全体がほぼ見渡せる。湖にはいくつもの小島が浮いていた。


ここには前に来たことがある。湖を一目見てサトルはそう感じた。プロのカメラマンであるサトルには一度見た風景は絶対に忘れないというプライドがあった。しかし、この湖に来たのは初めてのはずだった。

サトルは頭の中の引き出しを一段一段開けながら、この風景と一致するものがないか確認してみた。しかし、同じ風景はどこにも見当たらなかった。

「いったいオレはいつ、この景色と出会ったのだろう？」

雪交じりの風がサトルの顔をたたいた。顔の筋肉が強張り始めている。サトルは暖をとるため一度車に戻り、ポケットからメモ帳を取り出した。メモ帳には日本全国の湖の名前が地域別に整然と記載されている。撮影を終えた場所は二重線で消してある。

やはりこの湖はまだ消されずに残っていた。訝しく思いながらも、サトルは後部座席に置いたバッグからカメラを持ち出した。

「とりあえず仕事を済ませるか」

サトルは車から出ると、良いアングルを求めて先ほどのベンチへ向かった。

サトルは被写体に向けて、いろいろな角度から何度もシャッターを切った。乾いた空気にシャッター音が響く。指先の感覚がなくならないうちに撮影を終わらせたかった。

「まあ、こんなもんかな」

サトルは満足げな表情で、車へと走った。撮り終えた写真を一枚一枚チェックする。まずまずの出来ばえだ。

「よし、湖畔まで行ってみるか」

今日はあと二か所、近くの湖を撮影する予定だった。しかし、喉に骨が引っかかっているような状態のまま、この場所を離れたくはなかった。今夜は車中に泊まればいい。明日は予備日に取ってある。サトルは湖畔への道を下った。

遊覧船乗り場の駐車場に車を停めたときには、雪はすでに止んでいた。切符売り場は年季の入った古い木造の板張りでペンキが剝がれ、いつ潰れてもおかしくもない容貌をしていた。

もうすぐ冬だというのに、それでもきまぐれな数組の客が切符売り場の前で順番待ちしていた。桟橋には立派な二階まである遊覧船がすでに待機している。若い男女の係員が乗船口付近で、手に息を吹きかけ、何やら笑いながら話していた。

湖の中心からやや右奥に小さな浮島があり、カモが二羽、体を寄せて温めあっている。そのさらに奥、真向かいの岸の先にはホテルが三軒並んでいた。左に目をやると、行き場を失ったピンク色の白鳥たちが手持ち無沙汰に固まっている。日本の湖では見慣れた風景だ。せっかく自然の中でリフレッシュできるのに、なぜ日本人はそれを一瞬でぶち壊してしまうような、こんな醜い人工物を置きたがるのか、サトルには理解できなかった。日本人は独自色を排除して、日本中を同じ風景にすることに熱中する生き物らしい。

ただ、今目の前に広がっている景色は、日本中のどこにでもあるものとして記憶に残っていたわけではなかった。サトルには確かにこの湖に来た記憶があった。

客が桟橋に走っていくのが見えた。カメラを手に、サトルは慌てて切符売り場へ向かった。

千二百円を払い、切符をもらう。

「もうすぐ出発しますのでお急ぎくださーい」

桟橋で男性係員が大きな声で叫んでいた。サトルは急いで乗船口まで走り、女性係員に切符を差し出した。

「ご乗船ありがとうございまーす」

男性係員がサトルの乗船を確認し、船をつなぎ止めていた縄を外した。

エンジン音が聞こえ、船がゆっくりと動き出した。船内放送が乗船に対する感謝の言葉を伝えていた。一階には誰もいなかった。客のほとんどは二階に上がっているようだ。サトルも二階への細い階段を上った。二階の席もガラガラだった。一番前にコートを着たままの老夫婦が仲よく座っている。通路を挟んだ反対側の真ん中あたりに学生風の若いカップルが手をつなぎながら、お互いの顔と窓外の風景を交互に見つめている。

それ以外の客は甲板に出ているようだ。サトルは向かって右側の後部座席に腰を下ろした。湖面に波が立ち、船を上下に揺さぶっている。ところどころにボートで釣りをしている人たちが見える。

湖は山に囲まれ、高台から見た以上に入り組んでいる。船内放送は続いていた。この湖は火山の噴火により山の一部が崩落し、川や沢がせき止められてできたのだそうだ。春には桜、秋には紅葉がきれいで、真冬には湖面が凍り、ワカサギ釣りの客で賑わうらしい。船は岩肌ギリギリを通り、サトルは不安になって船長に目をやったが、船長にとってはいつものコースなのだろう、移りゆく山々の名前を淡々と説明する声には、まったく緊張感がなかった。

甲板にいた客たちが船内に戻ってきたのを見て、サトルはカメラを手に甲板へ出た。ファインダー越しに風景をのぞき、何度もシャッターを切る。

写真を撮り終え、船内に入ろうとしたとき、ある風景がサトルの目に飛び込んできた。

「これだ」

その風景がサトルの過去の記憶をよみがえらせた。それは小さい頃に何度も見た、もうとっくの昔に忘れていたはずの夢の中の風景だった。

「オレはこの景色に巡り合うためにカメラマンになったんだ」

サトルはそう確信した。

2

小学生のとき、毎日同じ湖の夢を見た。

夢の中でサトルは一人、遊覧船に乗っていた。遊覧船には客どころか船長の姿さえなかった。船は湖のちょうど真ん中あたりに泊まっている。カナヅチのサトルには岸まで泳ぐことなど考えられなかった。桟橋には数名の人が立っていたが、誰も助けに来てくれそうにない。サトルは岸に向かって泣き叫んだ。しかし、風が邪魔をしているのか、誰も気づいてくれなかった。サトルは甲板に立って、何度も助けを求めた。そのとき強風が船を大きく揺らした。サトルはバランスを崩して、船の二階の手すりを乗り越え、海に落ちた。

「わぁー」

その叫び声でサトルはいつも目を覚ました。気がつくと目からは涙があふれていた。

母親が部屋に入ってきて、サトルの背中を撫でながら、

「また恐い夢を見たのかい？」

と聞いた。

　サトルはうなずき、夢の話を母に語った。母親の心配そうな顔は今でも覚えている。

　サトルには幼少期の記憶がなかった。一番古い記憶として覚えているのは小学校の入学式だったが、それすら家のアルバムにあった写真を見ただけの記憶だったのかもしれない。それ以前の写真は一枚も残っていなかった。同級生に話を聞くと、個人差はあるものの、普通の子供はだいたい三、四歳くらいからの記憶があるらしい。そのうえ赤ちゃん時代の写真を持っていない同級生は誰一人いなかった。

　自分になぜ幼少期の記憶がないのか？　幼少期の自分がどんな子供だったのか？　そしてなぜその頃の写真を両親は一枚も撮らなかったのか？　自分は両親に愛されていないのではないかと疑問に思うこともしばしばあった。中学生になって思春期を迎えたサトルの鬱憤が爆発するのは、当然といえば当然のことだった。

　中学一年生の夏休みから不良の先輩と屯（たむろ）するようになり、二年目からは中学校へも通わなくなった。喧嘩して傷だらけで家に帰ることも度々あった。注意する母親に暴力まで振るようにもなった。母親はなぜかサトルに殴られながら、ごめんなさい、ごめんなさいと繰り返した。おとなしい父親はそれを見て見ぬ振りをしていたが、一度だけサトルを呼んで叱りつけた。しかし、サトルに頬を殴られると、それっきり何も言わなくなった。母親は何度も中学校に呼び出され、補導されて警察に呼び出されたことも数知れずあった。そんな親の苦労を顧みずに、サトルは母親から金をせびり、不良仲間たちと夜の繁華街を遊び回った。

工業高校に入ってからも、サトルは相変わらず悪い仲間とつるんでは警察沙汰を起こした。両親はオロオロしながらも、為す術がなかった。

そんなサトルがプロのカメラマンを目指し、写真スクールに通い始めたのは十八歳のときだった。世界中の湖を見たいから。それがカメラマンを夢見た理由だった。どうして湖に興味を持ったのかは、サトル自身もわからなかった。ただ世界中の湖を見たいという気持ちを、サトルはどうしても抑えることができなかった。世界を回るお金などあろうはずもないサトルにとって、プロのカメラマンになることが夢を達成する唯一の方法に思えた。有名なカメラマンになって、世界中の湖の写真を撮る。サトルにとって、その第一歩が写真スクールだった。

「オレはプロのカメラマンになるから、写真スクールに行きたい」

サトルの言葉に両親は諸手をあげて喜んだ。このまま大人になったらどうなるのかと、息子の将来を心配していた両親にとって、サトルが自分の意志でカメラマンという夢を見つけたことが、何よりも嬉しかった。

3

残りふたつの湖の撮影は延期し、この湖がなぜ夢の中に現れたのかを調べるため、まずは車で湖の周辺を回ってみることにした。何か新しい発見があるかもしれない。車で湖を一周しながら、ときどき車から降りて写真を撮った。すでに太陽は山の向こうに消えゆこうとしていた。サトルは残りの調査を明日に回すことにし、車中泊する場所を探した。

翌朝早く目覚めたサトルは、早速昨日の続きの調査に乗り出した。

道路は途中で湖を離れてしまい、湖の姿がまったく見えなくなった。徒歩で湖のほとりまで行こうと決め、最初に見つけた駐車場に車を停めた。湖を目指して歩くと、五分ほどで湖が見えてきた。湖のほとりで前方と左右の風景を写す。昨日撮影用の写真を撮った高台がすぐ左上に見えた。もう四分の三の道程を走ったことになる。しかし、新たにサトルの記憶をよみがえらせる風景はひとつもなかった。

駐車場に戻ると、湖と通りをはさんだ反対側に古いお寺があった。サトルは何か得体の知れないものに導かれるように、お寺の境内に足を進めた。

寺を歩いていると、境内の奥にひとつだけ粗末な墓標がぽつんと立っていた。墓標に歩みよって裏を見ると、そこには死者の名前と、その誕生日と死亡日が書いてあった。

森本悟
平成三年八月二十一日生誕
平成十年四月四日死亡

サトルの誕生日は墓標に書かれているのと同じ平成三年八月二十一日。そして死亡日はたぶんサトルの記憶が始まった小学校入学当時に該当する。自分の墓標がなぜこんなところにあるのか？　これがただの偶然なのか？　もしかしたらこれは、サトルの死んでしまった記憶を葬っている墓標なのか？　もしそうならば、この墓標の下にはサトルの幼い記憶が埋もれているはずだ。

駐車場に戻り、車のトランクからスコップを取り出して、墓標へ戻った。墓標のまわりに誰もいないのを確認し、すぐに墓の下をスコップで掘り始めた。

カチンと音がした。慎重に土をどけていくと、そこには骨壺があった。中を開けると白い粉に小さな塊が混じっていた。たぶん人骨だろう。サトルは一番大きめの骨の塊を拾い上げ、丁寧にハンカチに包んでポケットに入れた。骨壺に土をかけ、スニーカーで土を踏みしめ、まわりの土で靴跡を隠した。誰にも気づかれなかったようだ。サトルは逃げるように車に戻り、すぐに車をスタートさせた。

車の中でポケットからハンカチを取り出した。注意深くハンカチを広げる。

もし、あの墓が自分の墓だとしたら、この塊はサトルの骨ということになる。しかし、この塊を見ているのはサトル自身なのだから、サトル自身は死んでいるわけがない。それならばいったいこの骨は誰の骨なのか？　小学校入学前の自分は死んでいたのか？　だからサトルには小学生よりも前の記憶がないのか？　六歳で死んだ子供がまったく別の形の人間として生まれ変わることなどあり得るのか？　謎は解決するどころか深まるばかりだった。

写真スクールの仲間に、一人変わり者がいたのを思い出した。彼は法医学者を目指して医学部受験の勉強をしながら、遺体の写真の撮り方を覚えたいからというスクール始まって以来の動機で入学した。名前は山口蒼洋（そうよう）。山口は東精大学医学部に准教授として勤めていた。あいつだったら何かわかるかもしれない。特に親しくしていたわけではないが、講師から将来横のつながりが大切になると言われ、卒業時に写真スクールの同期のほとんどは携帯電話の番号を交換していた。

「山口か。久しぶりだな。オレ、森本。写真スクールで同期だった、覚えてるか?」

「へえ、どうしたんだ、急に? 同期の出世頭である森本サトルを覚えていないわけないだろう。そのうえ僕たち同期のアイドルだった琴音ちゃんを奪ったんだから」

「人聞きが悪いな。お前らが消極的だっただけだろう。オレはただ好きになったから付き合ってくれって言っただけさ。そんなことより、ちょっと相談があってね」

「カメラについて言えば、君のほうがプロだろう。僕が教えられることなんてあるかな?」

「いや、今回はお前の専門に関係があることなんだ」

「いったいどんな相談なんだ?」

「それを直接話したいんだ。今からお前のところに行っていいか?」

「何時頃に来られるんだい。仕事柄、いつ呼び出しを受けるかわからないんでね。死者は真夜中に熟睡中だろうが、彼女とデートしていようが、そんなこっちの都合なんて考えてくれないんでね」

山口が飄々とした様子で言った。

「それはお気の毒さまだな。とにかくこれから三時間後にはそっちに着くと思う」

「わかった。急用が入らなければ待っているよ。もし出かける用ができたら、こちらからまた連絡するから」

「そうか、悪いな。とにかくすぐに行くよ」

サトルは東京に向かって車を走らせた。

4

河西琴音とは写真スクールで出会った。クラスは十二名で、女性は三名しかいなかった。その中の一人が河西琴音だった。大きな瞳、鼻梁はまっすぐ通っていて、鼻頭だけちょこんと尖っていた。口も大きく笑顔には華があった。


講師はプロのカメラマンで、佐々木夏彦と名乗った。

「初心者コースへのご参加ありがとうございます。今のカメラは性能もよく、携帯電話の写真でもプロ並みの写真を撮ることができます。しかし、ここに参加した皆さんはさらに上のレベルを目指したからこそ、お金まで払ってこのスクールに参加しました。プロのカメラマンを目指している人もいれば、みんなとはちょっと違う格好いい写真を撮りたいという人もいるでしょう。プロとまではいかなくても、皆さんが払ったお金以上の成果を上げられるよう、私も頑張りますので、皆さんも頑張ってください」

生徒たちは真剣な眼差しで講師を見つめていた。

「まずは皆さんに自己紹介してもらいます。その際、持ってきたカメラの機種も発表してもらいます」

自己紹介がひととおり終わった。年齢層は幅広く、最年長は七十二歳の白髪頭のじいさんで、サトルが一番若かった。

カメラの構造や撮影、現像、プリントなど写真作りのプロセスについての講義が終わり、五分間の休憩があった。

休憩が終わり、生徒が全員席に着いたのを確認後、佐々木講師が言った。

「今日は皆さんに、今まで撮った中でお気に入りの写真を二十枚持ってきてもらいました。まずはそれを机の上に出してください」

生徒たちがバッグから写真を取り出した。

「皆さんの写真には、皆さんそれぞれの癖が表れています。人物を写すか、風景を写すかといった被写体の選び方、被写体との距離感や構図、どんな色がよく写っているか。それぞれが皆さんの見る目の個性と言えます。まずは自分の個性を探してみましょう。そして、それをメモしてください」

サトルにとっての被写体は湖と決めている。しかし、わざわざ湖まで行って、写真を撮ってくるわけにはいかず、サトルは近所の公園の噴水や木々の緑、道路沿いに並べられた花壇の花々、お寺の境内など風景を撮影していた。写真のほぼすべてに空が写っていたので、青色が多く含まれている。被写体との距離は様々で、特に癖があるようには思えなかった。

「終わりましたか？　終わっていない人は手をあげてください」

手をあげる生徒は一人もいなかった。

「それでは二人一組になってください」

初めて出会った者同士が牽制する中、サトルは真っ先に河西琴音に声をかけた。

「よろしくお願いします」

琴音はちょこんと頭を下げた。

「相手は決まりましたか？　決まったらお互いに写真を交換して、先ほどと同じように撮影者の癖を探して、それをメモしてください。それが終わったらお互いのメモを見て、自分の個性を相手がどのように見たかを確認します。自分では思ってもみなかった癖を教えてもらえるかもしれませんよ。お互いにどう思ったかを話し合ってみましょう」

琴音の写真には、両親を撮ったものや小学校へ通学中の子供たち、繁華街の人波、大きな交差点などが写っていた。中にはカメラに向かって笑顔を向ける人たちもいた。

「フレンドリーで明るい写真が多いですね。あなたは社交的な人なんでしょう」

サトルは写真を見ながら、琴音に言った。

「社交的っていうわけではないんです。ただ積極的に人と接しようとは思っています」

「優しさが滲み出て、見ているオレも幸せになる感じがします」

「ありがとうございます。あなたの写真には人がほとんど写っていませんね。景色ばかりで。でも、どれもみんな素敵な写真です。撮り方が上手です」

「そう言ってもらえると嬉しいですね。オレはプロを目指していますから」

「そうなんですか。すごーい。私なんかSNSに載せる写真の見栄えをよくしようと思っただけ」

琴音はやや苦笑ぎみに言った。

「はい、時間になりました。次にお互いの顔や姿を写真に撮ってください。撮ったフィルムを提出してもらって、第一回目の講義は終わりにします」

スクールの初日が終了すると、サトルは琴音を食事に誘った。琴音は最初びっくりした顔でサトルの目を見つめたが、すぐに誘いを了承した。琴音は医薬品会社に勤める会社員で、サトルより六つ年上の二十四歳だった。サトルは一人っ子で、高校まで不良をしていて両親に迷惑をかけたことを話した。

「だから、プロのカメラマンになって、両親に恩返ししたいんだ」

「すごいですね。私なんか給料も安くて、まだ親元から離れられなくて。それに今回のスクール費用も母から借りてるの」

琴音は恥ずかしげに顔を伏せた。

「オレだって同じだよ。スクール費用どころか、カメラも買ってもらったんだ」

「そうなんですね。それを聞いて、私もホッとしました」

「これからもスクールが終わったら、一緒に食事しませんか」

「はい」

サトルの言葉に、琴音は素直に答えた。

それをきっかけに、サトルと琴音の付き合いは始まった。


サトルにはカメラマンの素質があったようだ。写真スクールに入学して、サトルはすぐにその才能を開花させた。スクール講師だった佐々木は、サトルの構図を選ぶその才能にいち早く気づき、助手の仕事を任せた。佐々木は地元で写真館を経営しながら、世界中の写真を撮っていた。サトルは佐々木を尊敬し、佐々木の一挙手一投足に目をこらしていた。見て覚えろ。これがプロのカメラマン界の教育方針だった。その頃の佐々木は世界遺産の写真を撮るために世界中を回っていた。サトルは海外に初めて連れていってもらった。フランスのモンサンミッシェルやリヨンの歴史地区、スペインの古都トレドやアルタミラ洞窟など、テレビや教科書でしか見たことのない世界に、サトルは浮き立っていた。

「おい、サトル。遊びに来ているんじゃねえんだぞ。しっかり仕事をしろ」

佐々木には何度も叱られた。

休憩時間には自分の撮った写真を、琴音に送った。「いつか一緒に行こうね」というメッセージとともに。

二十四歳のとき、佐々木から独立してプロのカメラマンになった。すぐに自宅の近くに事務所を借り、写真館を始めた。出会ったときの琴音の年齢になって、これからは自分自身の力で稼がなくてはならない、サトルはそう決心していた。そんなサトルを琴音も応援してくれた。

春、桜が満開になる頃、サトルは琴音を自宅に招いた。最初は緊張していた琴音も、サトルの両親とはすぐに打ち解けたようで、楽しそうにサトルの子供の頃の話を聞いていた。やはり小学生以降の話ばかりだった。サトルは琴音に自分が小さい頃の記憶がないことを話していた。両親がそれを教えてくれなかったことも。琴音が自分の小さい頃のことを聞いたら、両親は答えてくれるのだろうか。サトルは琴音に期待したが、琴音は両親の話の聞き役に徹していて、いつの間にか今度は琴音の昔話に変わってしまった。

プロカメラマンになって二年後、琴音の三十二歳の誕生日に、サトルは琴音にプロポーズした。サトル二十六歳のときだった。

5

山口蒼洋は東精大学医学部の研究室で待っていた。

「いてくれて良かったよ」

サトルは山口に礼を言った。

「いや、僕の管轄の相談なんて言ってたから、人でも殺して死体が残っちゃったから処分先として受け取れとでも言われるのかなと思ってね」

山口が笑顔で言った。

「つまらない冗談はよしてくれ。オレは真剣に悩んでいるんだ」

「確かに顔色が悪いね。じゃあ、早速相談ってやつを聞こうか」

笑顔だった山口の顔が真剣になった。

サトルは古い寺で自分の墓を見つけたいきさつを語った。

「いったいどう説明がつくんだ？　オレは今こうして生きているのに、なぜ小さい頃のオレの骨が行ったこともない寺に埋まっているんだ？　それもオレが記憶を失っていた時期ともピッタリ一致する」

サトルは小さい頃の記憶がなく、両親もなぜかその理由を話してくれないこと、写真すら一枚も残っていないことも話した。

「骨壺の中にはどれくらいの骨が入っていたんだ？」

「それほど入っていなかったな。底のほうに三、四センチくらいだね」

「幼児の骨だったらそれくらいかな。まあ、身長にもよるけどね」

「じゃあ、オレの幼児のときの骨だというのか？」

「いや、今ここに君がいるのだから、この骨が君のものであるはずがない」

「じゃあ、誰の骨なんだよ」

「さあ、そんなことわかるわけないじゃないか。ＤＮＡ鑑定でもしてみれば、君の骨でないことはわかるよ」

「ＤＮＡ鑑定か。聞いたことがあるな」

「君の組織の一部を拝借させてもらって、その骨と比べる。ＤＮＡが一致しなければ赤の他人の骨というわけだ」

「今すぐそれをやってくれ」

「ちょっと待ってくれよ。今、この場で簡単にできるもんじゃないんだ。それに個人からの依頼の場合、お金をもらわないとできない規則になっているから」

「いくらかかるんだ？」

「一般的な親子鑑定ならば二万から四万円程度でできるよ。でも、今回のケースは初めてだから、少しお高くなるだろうね。そのへんは教授に聞いてみないとわからないよ」

「金なら払うよ。だからＤＮＡ鑑定をやってほしい」

「お金を無駄に捨てるようなもんだよ。君の骨のわけがないんだから。たぶんただの偶然だろう」

「それでもかまわない。こんな疑問をずっと持ち続けて生きていくなんて、オレにはできないよ。白黒はっきりさせたいんだ」

「わかったよ。それではまず、持ってきた骨を預かりたい。それから君の検体がほしい。ちょっと待ってて」

山口が部屋から出ていった。

山口は手に綿棒と試験管を持って戻ってきた。

「この綿棒で口の内側をこすって、この試験管に入れてくれないか」

「わかった」

サトルは言われたとおり、綿棒を口の内側、頬の裏っ側に当て、上下に三回こすった。

サトルが山口の手にしている試験管に綿棒を入れると、すぐに山口が試験管にフタをした。

「調査期間は一か月ほしい」

「そんなにかかるのか？」

「ああ、ＤＮＡ鑑定には時間がかかるんだよ」

「仕方ないな。じゃあ、よろしく頼む」

サトルは立ち上がり、部屋を後にした。

鑑定結果が出るまでの間、サトルは前回撮り損なった湖二か所の撮影と、撮り溜めた写真の整理に費やした。サトルは湖の写真集を二冊出していた。三冊目の写真集の出版も決まっており、締め切りが迫っていた。

三週間後に、山口から電話が来た。

「森本か？」

山口の声にいつもの陽気さはなかった。

「ああ、オレだよ。結果が出たんだな」

「そうなんだ。それでね、もう一度大学に来てもらいたいんだ。うちの教授が聞きたいことがあるって」

山口の声には戸惑いの色が混ざっていた。

「お前の教授が？　なんか問題でも発生したのか？」

「そういうわけじゃないんだ。あ、いや、問題と言えば問題なんだけどね」

「金が百万円もかかるとか、そういうことか？」

「いや、金の問題でもないんだ」

「じれったいな。じゃあ、何が問題なんだ？」

やや間を置いて山口が言った。

「鑑定の結果、君とあの骨のＤＮＡが一致したんだ」

6

サトルと琴音の結婚式は身内だけの質素な形で行われた。琴音が派手な結婚式を望まなかったからだが、サトルは自分の収入がまだ少ないことを琴音が気にかけているのをわかっていた。これを機に早く一人前のカメラマンにならなければ。サトルは決意した。

日本十二か所の湖の朝の姿を月ごとに撮影した『朝日と湖　カレンダー』は、名取洋之助写真賞を受賞した写真をまとめた、サトルにとって初めての写真集だった。賞を取ったことで写真館にも客が増えたため、妻の琴音は会社を辞め、写真館を手伝い始めた。

三十歳になり仕事も安定し、第二写真集『夕陽に染まる湖』も出版された。

八月二十一日、三十一歳の誕生日に出版祝いも兼ねた食事会を行おうと両親が提案した。ホテルの高級フレンチの店を琴音が予約した。

当日、サトルは神奈川県で出張写真撮影の仕事が入ったため、一人だけ後から遅れていくことにした。

撮影は夕方五時半に終わり、サトルはホテルへの道を急いだ。サトルは予約した七時から十分ほど遅れて到着した。しかし、家族三人はまだ来ていなかった。妻や両親の携帯電話にかけても、自宅の電話にかけても誰も出なかった。七時半まで待って、サトルはレストランの担当者に料金だけを支払って家に帰ったが、誰もいなかった。留守電が三件入っていた。最初の一件は病院からの電話で、家族三人が事故にあったので、すぐに病院へ来てほしいという内容だった。サトルは慌てて病院へ向かった。

病院に着くとすぐに院長室に呼ばれた。院長は神妙な顔で自己紹介した後、三人の乗った自動車が事故に遭ったことを伝えた。サトルは足が震えるのを自覚しながら、院長に聞いた。

「それで、両親と妻の容態はどうなんですか？」

「残念ながらご両親はお亡くなりになりました。ほぼ即死の状態で、病院に着いてすぐに亡くなりました」

呆然としながらもサトルは院長に問い質した。

「妻の琴音は？」

「奥様は今、病院のベッドで寝ています。意識はありますが、右腕を骨折しております。ただ命に別状はありません。ご両親が亡くなられたことはまだ話していません」

「事故の状況を教えてください」

「その辺は警察に聞いてください。今、奥様の部屋にいますから。警察も事故の状況を奥様に聞きたいようです」

サトルは妻の病室に案内された。琴音が右腕を固定されてベッドに寝ていた。顔色は真っ青で、サトルの顔を見て、泣きながら、

「ごめんなさい」

と謝った。

「琴音が謝らなくてもいいよ。とにかく無事で良かった」

サトルは琴音の顔を見て、病院に来てから初めてフーッと大きなため息をついた。

「お父さまとお母さまはどうなんですか?」

「今は自分のケガのことだけ考えていればいい。これから警察の人に事情を聞くから。いいですね?」

サトルは二人の警官に向かって言った。

「じゃあ、外に出ましょう」

年配の警官がサトルに言って、病室を出た。サトルもそれについていった。

「奥さまから事故の状況を聞きましたが、まだ自分でも何が起きたかわからないような

状態でして。ただ、気づいたら目の前に対向車がいたそうです」

「警察の調べではどうなのですか?」

「お宅からすぐ近くの片道一車線の道路での事故です。運転者はお父さまで、助手席にはお母さま、後部座席に奥様が座っていました。お父さまの側には問題はなかったようです。反対車線を走っていた乗用車が猛スピードで対向車線を超えて、お父さまの車と正面衝突しました。相手の運転手もほとんど即死状態でした。相手には同乗者はいませんでした」

「そうですか」

サトルは体の力が抜けて、廊下に座り込んだ。涙が止まらなかった。自分の誕生日に食事会など開かなければ良かったのに。学生時代、両親に迷惑をかけ続け、やっとこれから親孝行するつもりだったのに、それも叶わなくなった。

「妻にはなんと言えばいいのでしょうか?」

サトルは二人の警官の顔を見上げながら聞いた。

「今すぐ話さなくてもいいですが、結局は話さなければならないのですから。ただ、まだショック状態にありますから、医者に相談してから話せばいいと思いますね」

年配の警官が答えた。

「今日はよしておきます。明日、来たときに聞いてみます」

「そうですね。そのほうがいいかもしれませんね」

サトルは二人の警官に挨拶して、病室に戻った。

病室には若い医師がいた。

「こんにちは。私は担当をしております野口と申します」

「よろしくお願いします」

「見たところ右腕の骨折だけのようですが、念のため明日脳の検査を行う予定です。申し訳ないですが、見舞いは二十時までなので、そろそろお引取りいただかなければなりませんが」

「わかりました」

サトルは琴音の左手を握って言った。

「また明日来るからね」

「ごめんなさい」

琴音がまた謝った。

7

「いったいどういうことなんだ?」

サトルは研究室に入るなり、机の脇に立っていた山口に問いかけた。男はすぐに立ち上がり、椅子にかけていたハゲ頭の男がサトルのほうに振り返った。男はすぐに立ち上がり、
自己紹介した。

「はじめまして。私は東精大学医学部教授の谷口拓郎という者です。遺伝子を研究しています」

「よろしくお願いします」

サトルは谷口教授に勧められた椅子に座った。

「山口君、温かいお茶でも買ってきてくれないか」

山口は谷口教授から千円札一枚を受け取り、部屋を出ていった。

「今回のことは山口君から聞いています。山口君が嘘を言ったとは思いませんが、直接確認させてほしい点がありましたので、本日は森本さんに来ていただいたわけです」

サトルが起きた出来事を話そうとしたとき、山口が自販機のお茶を三つ抱えて部屋に入った。

「間に合いましたね」

山口がほっとした声で言った。

「ああ、これから森本さんに話してもらうところだよ」

谷口教授が話を促すように、サトルの顔を見てうなずいた。

サトルは自分がプロのカメラマンで、湖を専門に撮影していること、ある湖に行ったとき初めて行ったにもかかわらず、ここには前にも来たことがあると思ったこと、観覧船に乗ったときある風景を見て、それが小さい頃夢で毎日のように見ていた場所だったことを話した。

「その夢は何歳くらいから何歳くらいまで見ていましたか？」

「たぶん初めて見たのは小学校一年生くらいだと思います。物心がついた最初の頃の出来事でしたから。夢を見ていたのは小学校中学年までかな？　中学受験のために勉強していたときにはもう見ていなかったから、いつの間にか夢を見なくなって、あの湖を見るまではそんな夢のことすら忘れていました」

「なるほど、そうですか」

「オレは不思議に思って湖のまわりを調査しました。そして古いお寺を見つけました」

サトルはお茶を二口啜った。

「あっ、話の順番を間違えたかな。実はオレには幼少期の記憶がまったくないんです。まわりの友だちは幼稚園時代のことをみんな覚えているのに、オレには小学生からの記憶しかありません」

「まあ何歳から記憶があるかについては人それぞれで個人差はありますけどね」

「そうなんですか？　でも両親だったら普通覚えているでしょう？　子供が一番可愛い

頃なんですから」

　サトルの声に苛立ちが混ざった。

「なのに両親は何も話してくれないんだ。写真だって一枚も残っていない」

「確かにその点は不思議ですね」

「そんなわけで、そのお寺で自分の墓を見つけたときはびっくりしました」

「名前と生年月日が同じで、死亡日が森本さんのちょうど記憶のない時期とぴったりだったんですね？」

「そうなんです。まるで五歳までのオレが死んで、新たに六歳のオレが誕生したみたいじゃないですか」

「偶然にしてはあまりにも偶然すぎますね」

「まあ、偶然って可能性もあるとは思いますが、こんな偶然が起こる可能性ってほんのわずかでしょう？　それで、いけないことは承知で墓を掘り返して骨を一部取ってきたんです」

「そこで写真スクールで一緒だった僕に問い合わせてきたんです」

　山口が横から口をはさんだ。

「そしてその骨と森本さんの検体をもらって、先生にＤＮＡ鑑定をお願いしました。そしたら……」

「鑑定結果はほぼ同一人物であると出ました。こんなことは本来あり得ない。だから、もう一度私自身が検体を取って、再鑑定させてほしいのです」

谷口教授は再びサトルに頭を下げた。

「わかりました。オレだって本当の結果が知りたいです。再鑑定してください」

谷口教授は山口に綿棒と試験管を持ってくるよう指示した。

「今回は念のため、もうひとつ検体をいただきたいのですが」

「何を渡せばいいんですか?」

「髪の毛一本で結構です。ただし、毛根が付いた髪の毛が必要です」

サトルは髪の毛を抜きとった。二本抜けて、そのうち一本に毛根が付いていた。

サトルが手渡すと、谷口教授はビニールの手袋で慎重に受け取り、引き出しから出した封筒に入れた。封をしっかり糊付けした後、封筒に今日の日付と自分の名前を書き込んだ。

前回と同じように口腔を綿棒で掻き取った。谷口教授はそれを受け取ると、先ほどの封筒と一緒に奥の金庫に丁寧にしまった。

「これで準備は終了です。今回はいろいろな鑑定方法を試してみるつもりです。結果は二か月後にご連絡いたします。そのときにはまた来ていただかなければならないと思いますが、よろしいでしょうか?」

「もちろんです。スケジュールもありますが、こっちを優先します」

「ありがとうございます」

「よろしくお願いします」

山口はサトルと一緒に部屋を出た。

「鑑定の件、お金はいらないそうだよ。教授の個人的関心が大きいみたいだから」

「別に金を惜しんでなんかいないよ。ただ事実が知りたいだけだ」

「そうだよな。じゃあまた。今度たまには飲みにでも行こう」

「ああ、お互いに時間が合えばな。それじゃあ」

山口は木枯しの中、サトルの車が門を出るまで見送った。

8

翌日、面会時間の十五時にサトルは病院に着いた。受付を済ませて、サトルは琴音の部屋へ急いだ。

「来てくれてありがとう」

琴音は昨日より顔色が良くなったようだ。

「気分はどう?」

「睡眠薬を飲んだから、よく眠れた。午前中はずっと検査でドタバタしてた。でも気分は悪くないわ」

「それは良かった」

サトルは琴音の頬を両手で包んだ。

看護師が入ってきて、

「先生がお呼びです」

と伝えた。

「ちょっと行ってくる。また戻ってくるから待っててね」

サトルは琴音に笑顔を見せ、病室を出た。


「脳検査の結果、問題はありませんでした」

「そうですか。良かった」

「もうひとつ良かったことがありますよ。お腹の赤ちゃんは無事でした」

「えっ、赤ちゃん?」

サトルがびっくりして聞いた。

「えっ、知らなかったんですか?　妊娠三か月ですよ」

今度は担当医が驚いた声で言った。

「初めて聞きました。後で妻に聞いてみます。病室に戻っていいですか？」

「ひとつだけ伝えなければいけないことがあります。あなたのご両親の件ですが、奥様にはすでに伝えてあります」

担当医がうつむき加減で言った。

「赤ちゃんのことを知っていたら言わなかったのですが、奥様はしっかりした方のようでしたし、ご両親が亡くなったのかどうしても教えてほしいと強く言われましてね」

「わかりました。その件も妻と話してみます」

サトルは診療室を出た。


「お腹の中に赤ちゃんがいるんだって？」

「ええ、隠していたわけじゃないのよ。四日前に産婦人科に行ってわかったの。誕生日と出版記念を兼ねての食事会のときに、サプライズで言おうと思って」

「そうか」

「ごめんなさい」

「謝ることないよ。それより大丈夫？　オレの両親が死んだこと、もう聞いたんだろう？」

「ええ。私がそばにいたのに」

琴音の両目に涙が溜まっていた。

「仕方ないよ。琴音のせいじゃない。父さんだってちゃんと運転していたんだから。対向車を運転していたヤツが突っ込んできたそうだよ。相手も死んでしまった」

「そうなの？」

「ああ、とにかくゆっくり休んで、早く治してくれ。赤ちゃんのためにもね」

サトルはハンカチで琴音の涙を拭き取りながら言った。


両親の葬儀は親族のみでささやかに行われた。通夜の夜、サトルは一人ふたつの棺の前に座っていた。

「親父。おふくろ。ちゃんと謝ろうと思っていて、結局謝らないでこんなことになっちゃったね。今まで本当に迷惑ばかりかけてごめん。今までありがとう。本当は直接言いたかった」

サトルは棺に顔を伏せて号泣した。

「孫の顔も見せられなかったね。琴音のお腹の中に赤ちゃんがいるんだよ。琴音はあの日、二人にも伝えるつもりだったんだよ。親不孝な息子でごめんね。これから恩返しがしたかったのにね」

真っ赤な目で両親の顔を順に見ながら、サトルは聞いた。

「でも、オレは小ちゃかったときのことが知りたかった。なんで教えてくれなかったの？　もう知ることもできないんだね」

サトルはその日一人、棺の前で眠った。

9

「鑑定結果が出ました」

山口から電話がかかってきたのは、再鑑定を依頼してから二か月が過ぎた火曜日だった。サトルは写真館を妻に任せて、すぐに研究室へ向かった。

谷口教授と山口が待っていた。

「どうでしたか？」

サトルが勢いこんで聞いた。

「まあ、おかけください」

谷口教授が落ち着いた声で言った。

サトルが座るとすぐに、谷口教授はしゃべり出した。

「まず質問があります。あなたにご兄弟はいませんか？」

「いいえ、いません。どうしてですか？」

「あなたの検体とあなたが持ってきた骨の遺伝子はほぼ一致しています。ただし、違う点もあるのです。この場合に考えられるのは兄弟のもの、特にここまで遺伝子が一致するのは一卵性双生児だからとしか考えられません」

「最初の鑑定では同じだと言ってましたが？」

「一般的な鑑定では一致するという結果が出ました。しかし今回、より精密な鑑定をした結果、別人のものだとわかりました。ただこれほど遺伝子が一致する確率は、赤の他人ではほぼゼロパーセントと言えるのではないかと思います。ご両親や兄弟でもここまで一致する例は聞いたことがありません」

「だから、あの骨は一卵性双生児のものだったって言うわけですね？」

「少し前までは一卵性双生児の場合、遺伝子は完全に一致すると考えられてきました。だいぶ前の話ですが、アメリカである殺人事件が発生したとき、犯人として逮捕されたのは一卵性双生児の兄のほうだったのですが、ＤＮＡ鑑定の結果、兄弟がまったく同じ遺伝子だったために、どちらが犯人か特定できずに無罪になったという話を聞いたことがあります。しかし、近年になって一卵性双生児の間でも違う遺伝子があることが確認されたのです。つまり一卵性双生児の場合、ほとんどの遺伝子は同じというわけで、前回の鑑定ではその違いがはっきり見つからなかったのです」

「でも、オレには一卵性双生児どころか、兄弟姉妹はいませんよ」

「あなたが知らないだけで、生まれたとき一卵性双生児だったということはないですか？」

「確かにオレは小さい頃の記憶がないから知らないだけなのかもしれません。でも、両親が亡くなった今、それを確かめる術がありません」

「ご親戚はいかがですか？」

「実は父と母は駆け落ちして結婚したそうで、親も含めて親戚関係は絶っていたと聞いています」

「そうですか？　それでは調べようがありませんか？　できればご親族に当たってもらって、調べていただけたらとお願いしたいのですが。戸籍を当たるなりできないですか？」

「考えてみます」

サトルはそう言って、研究室を出た。

10

サトルは湖に向かって車を走らせていた。

もし、あの骨が自分の一卵性双生児の兄弟のものだったとしたら、兄か弟かわからないが、あの墓はその兄弟のものだったことになる。あの寺の住職ならば何か知っているのではないか。サトルは直接会って、住職に聞いてみるつもりだった。


午後一時過ぎに寺に着いた。本堂を抜けた奥に一軒の古い家があった。サトルは呼び鈴を押した。

「はーい、今行きます」

奥のほうで女性の声が聞こえた。小走りの足音が聞こえ、すぐに戸が開いた。

「何でしょうか?」

白髪交じりの年配の女性が尋ねた。

「東京から来ました森本悟という者ですが、ご住職に会いたくて東京から来ました」

「森本さんですね。今呼んできますので少々お待ちください」

用件も聞かずに女性は再び小走りで奥へと消えた。まるで自分が来ることを知っているかのようだった。

「いや、わざわざ東京から来ていただき、ご苦労様でした」

袈裟を来た初老の住職が優しい声で言った。

「あのお墓のことですね」

やはり住職は事情を知っているようだ。

「さあ、どうぞお入りください」

サトルは広い和室に案内された。さっきの女性がお茶をふたつテーブルに置き、お辞儀をして出ていった。

「それにしても大きくなられましたなあ」

感心するように住職は言った。

「でも、面影はあります」

「前に会ったことがあるんですね？　オレにはまったく記憶がないんですが」

「そうですね。あなたはあの事故で記憶喪失になりましたから」

「記憶喪失？」

「えっ、ご両親から聞いていないのですか？」

「両親は二か月前に亡くなりました」

「そうですか。それはご愁傷様です。ご病気か何かですか？」

「いいえ。交通事故でした。対向車が車線をはみ出して、正面衝突したんです」

「それはお気の毒さまです。ご両親は記憶を失ったことを話さなかったんですね？」

「ええ。オレには幼少期の記憶がありません」

「どうしてここがわかったんですか?」

「ただの偶然です。今オレはカメラマンをやっていて、日本中の湖を撮影しています。ここにも写真を撮りに来たんですが、初めて来た湖のはずなのに来たことがあると感じたんです」

住職はうなずきながら、真剣に聞いていた。

「それは小学生の頃に毎日見ていた夢の中の景色でした。だからオレは湖のまわりを調べてみました。そこで偶然このお寺に入り、自分の名前の墓を見つけたわけです」

「それはそれは。驚かれたでしょう」

「大変申し訳ないんですが、オレは墓を掘って骨の一部を持って帰りました」

住職は少し顔をしかめたが、すぐに元の優しい表情になって言った。

「まあ、それも仕方ないことですかな。事情は私も知っていますから」

「本当に申し訳ありません。最初からご住職を訪ねれば良かったんですが、動揺していてそんな簡単なことも思いつかなかった」

住職はうんうんと首を縦に振った。

「DNA鑑定をしてもらいました。その結果は同一ではないが、ほとんど遺伝子が一致していて、一卵性双生児だとしか考えられないそうです」

「さあ、冷めないうちにお茶をどうぞ」

　住職に言われ、サトルは湯呑み茶碗を手にした。

「ご事情はわかりました。あなたは自分の過去を知りたいのですね？」

「はい、そうです」

　サトルはうなずいた。

「どんなことがあったか知りたいんです」

「わかりました。まあ、もう充分話してもいい大人になられたわけですから。それにご両親も亡くなられたことなので、ここで何があったかお話ししましょう。その前に、ちょっと待っててくださいね」

　住職が押入れの奥から黄ばんだ段ボール箱を取り出した。その中にはサトルともう一人、同じ顔をした子供が手をつないだ写真があった。おどけた顔をした二人の写真も入っていた。その他にも小さな頃のオモチャやお揃いの服もあった。それを見て、サトルは頭の中の暗黒の部分に光が当たった気がした。

　住職は少し間を置いてから話し始めた。

「これがあなたたち兄弟のまだ小さかったときの物です。あなたの両親から預かってほしいと言われて、ずっと保管していました。こちらを今日、あなたにお返ししましょう」

住職は写真やオモチャを箱にしまって、サトルのほうへ押し出した。

「あれは平成十年の春でした。あなたはご両親と双子のお兄様と四人で、この湖に遊びに来られたそうです。観覧船に乗られたときに事故が起きました。あなたのお兄様が船から落ちてしまったのです」

突然、サトルの記憶が戻ってきた。

「お兄ちゃんを船から落としちゃったあ」

泣きながらサトルは母の胸に飛び込んだ。

「お父様は慌てて甲板に出ました。騒ぎはすぐに船長に伝わり、船は止まりました。係員が甲板に行くと、お父様はすでに湖に飛び込んでいました。係員もすぐに浮き輪を持って飛び込みました。それからお兄様は引き上げられて、係員が人工呼吸しました。船が桟橋に着く頃には救急車がもう来ていました。病院へ搬送されましたが、残念なことにお兄様はすでに亡くなっていた。そのようにあなたのご両親は話しておられました」

「オレが突き落としたんです」

「思い出されたのですか？」

「はい、たった今」

　住職が心配そうに自分の顔を見ているのがわかった。

「何が原因だったかまでは覚えていません。ケンカになって、オレは兄貴を突き飛ばした。兄貴は手すりから外に落ちた」

「あなたは『僕がお兄ちゃんを殺したんだ』とずっと大泣きしていたそうです。葬式が終わった翌日、あなたが記憶を失くしていることにご両親は初めて気づきました。泣くのをやめ、普段どおりに遊び始めたそうです。ご両親が聞いても事故のことは何も知らないようだったと言っていました。小さい子供の事件でしたので、警察は事故として片づけました。ご両親はあなたに事故のことを思い出してほしくなかったので、ここにお墓を立てられないかと私に相談に来ました。ご事情を聞いて、寺の隅にお墓を作りました。お兄様の名前は森本悟でした」

「兄がサトル？」

「あなたの本当の名前は森本亘です。ご両親はあなたの記憶が戻らないようにと考えて、あなたの名前を変えました。ワタルという名前からお兄様のサトルという名前に」

「なぜそんなことを？」

「ご両親はあなたの中で悟さんが生きていると思いたかったそうです。あなたはお兄様の命も生きているのです」

サトルの目から涙が流れた。

「オレは自分の過去を教えてくれなかった両親を恨んでいた。暴力も振るったし、迷惑もたくさんかけた。両親はオレを守るために隠してくれていたんですね」

「そのとおりです。毎年四月四日にお父様かお母様のどちらかが必ず墓参りに来ていました。ご両親はいつ話せばいいか悩んでいましたよ。二十歳になったら話せばいいんじゃないかと話したんですが、結局話していなかったのですね。それだけご両親もお兄様が亡くなったことで苦しんでいたのでしょう」

「これから今まで迷惑をかけた分以上の親孝行をしたかったのに」

涙が止まらなかった。住職が肩に手を当てて言った。

「その気持ちが大切なんですよ。その気持ちだけは死ぬまで忘れないでください」

「わかりました」

「お墓に行きますか?」

「ぜひとも」


住職が線香をサトルに手渡した。すでにサトルはお墓をきれいに拭き、落ち葉を片づけていた。

「兄貴、謝るのが遅くなったけど、ごめん。オレは兄貴の分まで必ず生きるから。だから空からオレを見守ってくれ」

　風が止まり、線香の煙が空に昇っていった。まるでサトルの思いを届けるかのように。

「いろいろとありがとうございました。これからは毎年来ます」

「そうですか、お兄様もご両親もきっとお喜びでしょう」

　事実を知って、今さらながらに考えてみると、両親はサトルを甘やかして育てていた。そこにはどこか卑屈な態度さえあったように思う。その態度に思春期のサトルは反発心を持った。しかしその卑屈さには、サトルに兄の人生まで背負わせてしまったという、両親なりの償いの意味があったのだろう。


　サトルは寺を後にした。

11

　サトルは妻の琴音に寺での出来事を話した。

「オレは人殺しなんだってさ。それでも大丈夫？」

「実はあなたに話していなかったことがあるの」

琴音が言った。

「何？」

「実は婚約したときに、あなたのご両親から話があるって言われて、あなたのいないときに呼ばれたことがあったの」

サトルには初耳の話だった。

「そのとき話してくれたの、あなたが昔、お兄さんを誤って殺してしまったことを。今、あなたが話したとおり。それでも息子と結婚してくれるか、あなたのお母さんは聞いたわ。私はそれでも結婚しますって言ったわ。そうしたらお父さんもお母さんも泣いて喜んでくれた」

「そうだったんだ。それならなんでオレには話してくれなかったんだろう。冷たい親だな」

サトルは苦笑いしながら言った。

「あなたには思い出してほしくなかったのよ。一生心に傷を負うことになるから」

「そんなことも知らずにオレは荒れてたわけか」

「親の心子知らずって言うから」

二人は笑い合った。

「あ、今赤ちゃんがお腹を蹴ったわ」

「本当だ。男の子だから元気がいいな」

サトルが琴音のお腹に手を当てた。

「赤ちゃんの名前は何にしようか？」

サトルが聞いた。

「私はもう決めているの」

「なんていう名前？」

「ワタル。森本亘」

連続無差別殺人事件

―Xの記録―

私はここに完全犯罪計画とその実行記録を記しておく。

無差別殺人が起きると、マスコミは競って加害者の生い立ちや生活環境を調べ、どうして無差別殺人を行ったのかを追及しようとする。そして、マスコミは一貫して加害者を自分たちとは違う異常な人間に仕立てあげたがる。

よく「こんなのは人間のできることじゃない」という声を聞くが、「人間のできることじゃない」行為をするのは人間しかいないという事実がわかっていない。

そんなやつらに無差別殺人を行う者の気持ちを理解するのは不可能だ。

日本の無差別殺人者の動機のほとんどは、世の中から見放されているという孤独感から始まる。仲間が作れないことで、自分を生きる価値のない人間だと思ってしまう。そして、自尊心を保てなくなる。

自尊心を持てない孤独な人間は、人生を生きるに値しないと考える。それが限度を超えたとき、死を決意する。そして、そのような人間には二つのタイプがいる。

自殺を選ぶタイプと、無差別殺人を起こして死刑になることを選ぶタイプだ。

自分自身のせいで孤独になったと考えた者は自殺を選ぶ傾向にある。自分の存在を自ら認められないから死ぬしかないのだ。

孤独になったのを他人のせいにする者は、自分の存在を認めないのは世の中が悪いのだと考え、世の中に対する復讐の意味で、あるいは自分がこの世に存在しており、こんな大きなこともできるのだという歪んだ自尊心のために無差別殺人を行う。

アメリカの無差別銃撃殺人を見てみると、そのほとんどが最終的に自分に銃を向けて自殺するか、警官に射殺される覚悟で罪を犯す。しかし、日本の無差別殺人者は自殺を選ばず、死刑になることを望む。結局は自殺する勇気がないのだ。

だから、「どうせ死刑になりたいのなら、人など殺さないで自殺すればいい」という声をよく聞くが、それは間違っている。

自殺する勇気がないからこそ無差別殺人を行うのだから、自殺してしまったら、最後に残されたわずかなプライドまでズタズタになってしまう。

また、「無差別殺人者は自分より弱い者ばかり狙うので卑怯だ」という声もよく聞くが、これも間違いだ。

自分のプライドを守りたいからこそ、無差別殺人を犯すのだから、もし自分より強い相手を襲い、逆に押さえつけられてしまったら、最後のプライドまで粉々に砕けてしまう。だから、百パーセント勝てる相手を選ばなければならないという必然性から、弱い者がターゲットとして選ばれるのだ。

私の生まれた家は名門と呼ばれたこともある金持ちの家だった。しかし、私は六歳の頃から父親に暴力を受けていた。母親は世間体を守るために、それを無視し続けた。父からの暴力は、私が家を出るまで続いた。なんで自分が生まれたのかわからず、私を生んだ両親を憎んだ。小学校、中学校ではいじめにもあっていた。

高校を退学してからも社会人になる勇気もなく、親の家を逃げ出し、アパート暮らしを始めた。家賃や生活費は母親からもらい、仕事もせずに、食料品を買うなど最低限の用事がなければ、アパートを一歩も出なかった。

孤独でいるほうが楽に思えるときも多いが、私を理解してくれる人が誰もいないのは、非常に淋しく、非常に苦しい。自尊心など当然持てずにいるが、それが自分自身のせいだと思ったことは一度もない。それに自殺する勇気もない。

つまり、私には無差別殺人者になる素地が充分にあるのだ。

だから私は怨みを晴らすため、無差別殺人者になることを決めた。

しかし、私は捕まって死刑になるつもりなど毛頭ない。私の無差別殺人事件は完全犯罪となるだろう。

すでに準備は着々と進められている。

まずは今年の八月二十日（日）午前十一時に巣鴨地蔵通り商店街で事件を起こそうと思っている。

七月三十一日

1　巣鴨地蔵通り商店街の殺人

八月も後半に入り、朝晩の気温はだいぶ低くなってきたが、日中はまだまだ三十五度を超える猛暑日が続いていた。

八月二十日も午前中にもかかわらず、かんかん照りの暑さとなったが、日曜日と夏休みの終盤が重なって、巣鴨地蔵通り商店街は老人夫婦や孫を連れた老人たちでにぎわっていた。

そんな中を一人の男が巣鴨地蔵尊に向かって歩いていた。男は黒ずくめの服装をしており、黒のサングラスをかけていた。そのうえ、肩にかけたショルダーバッグさえ黒だった。あまりにも場違いなその姿に、通行人はなるべく彼を避けるように歩いていた。

男は甘味処のサンプルが置かれたガラスケースの前で立ち止まると、そこに並べられたあんみつや大福、カキ氷などを見つめた。ときどき時間を確かめるために腕時計をのぞいていた。

午前十一時ちょうど、男はバッグから出刃包丁を取り出すと、まずは甘味処から出てきた老夫婦に襲いかかった。老夫婦が倒れるのを確認すると、商店街を歩いている通行人に向かって走り出し、片っ端から通行人の背中を出刃包丁で刺した。静かだった通りは今や叫び声をあげて逃げまどう人たちでパニックになっていた。

騒ぎを聞きつけた制服警官が拳銃を手に犯人に向かって、

「凶器を捨てろ。捨てないと撃つぞ」

と叫んだ。

男は逃げるどころか、方向を変え、警官に向かって走り出した。

警官は一発警告の意味で空に拳銃を撃った。しかし、犯人はそれをまったく気にしていないかのように、警官に出刃包丁を向けた。

警官が犯人に向けて拳銃を発射した。弾は犯人の腹に当たった。犯人はそのまま道に倒れて、のた打ち回っていたが、やがて動かなくなった。

二階の喫茶店の窓から、事件の一部始終を見ていた男がいた。男は犯人が警官に撃たれるのを見ると、ぬるくなったコーヒーをその場に残して店を出た。

救急車とパトカーがすぐに呼ばれた。

「事件を見た人はこの場に残ってください」

パトカーの拡声器が群集に声をかけた。残った人たちは他の場所へ誘導され、現場周辺はブルーシートで囲まれた。

鑑識課が呼ばれ、現場検証をしているうちに、すでにテレビや新聞の記者が大勢集まっていた。救急車数台が犯人と五人の怪我人を乗せて、すぐに走り出した。

捜査本部は巣鴨警察署に設けられた。

犯人のバッグの中から財布が見つかり、運転免許証から犯人の身元はすぐに川俣安男、六十七歳と判明した。
病院からの連絡で犯人の死亡が確認された。被害者は十四名、うち三名が死亡、二名が重傷を負い、残り九名は軽傷だった。重傷者も命に別条はないとのことだった。

すぐに川俣安男のアパートが調べられた。川俣の住んでいたアパートは木賃宿で、一部屋しかなく、室内には粗末なちゃぶ台と古い冷蔵庫、傷だらけのタンス、小さなテレビしか置かれていなかった。部屋に電話は見当たらなかった。
アパートの住人からの聞き込み調査で、川俣は独身者だとわかった。アパートの住人はほとんど生活保護を受けており、川俣自身も同じだった。その他にも隣人から、川俣が自分以外に知り合いはいないと言っていたこと、毎日パチンコ屋通いしていたこと、朝からよく一緒に酒を飲んでいたこと、酒を飲むとよく世の中に対する不満を口にしていたことなどを聞き出した。

死亡した三名の身元も確認された。
松原誠　七十九歳
松原イチ　七十二歳　誠の配偶者
高木くみ　八十三歳

家族への聞き込みの結果、被害者と川俣とのあいだにつながりは見つからなかった。事件は川俣安男による無差別殺人事件として片づけられ、被疑者死亡のまま書類送検された。

―Xの記録―

第一の無差別殺人はシナリオどおりに運んだ。あまりにも予定どおりに進んだことに驚いているくらいだ。やはり私の計画に間違いはない。

無能な警察などに私が負けるわけがない。

さあ、次の計画も準備は終えている。

今度は十月八日（日）午後五時、場所は渋谷のスクランブル交差点。三連休の真ん中だけにたくさんの若者でにぎわっているだろう。ちょうど家に帰る者とこれから夜の街へ遊びに行く者がスクランブル交差点にあふれる時間帯だ。

前回は三名しか殺せなかった。今回はもっとたくさんの人を殺せるだろう。

九月二十日

2　渋谷スクランブル交差点の殺人

どこからこれだけの人たちが集まるのだろう。渋谷のスクランブル交差点では、いつも歩行者が携帯を見ながら、あるいは友達と横を向いて話しながら歩いているのに、お互いにぶつかることなく横断歩道を渡りきる。北朝鮮のマスゲームほど統率されているわけではない他人同士が、人と人のあいだを縫うようにして歩いていく。

男は時計を見る。午後四時半。男は交差点のよく見えるチェーン店の喫茶店に入り、ホットコーヒーを頼む。

十月初めの三連休の中日とあって、地方から来た若者も多いのだろうか。上から見ていると、セーラー服を来た高校生のグループが交差点でアタフタしているのがわかる。外国人も多いようだ。

男が再び時計を見る。午後五時五分前を指している。男はスクランブル交差点の真ん中を凝視する。

黒いコートを来た男は交差点が青になっても信号を渡らず、ただ歩道の端に立っていた。彼を気にする者は誰もいなかった。

男は時計が五時になると、やっとスクランブル交差点を斜めに渡った。交差点の中心で男は立ち止まり、手提げバッグから包丁を取り出した。自分に向かって歩いてくる二人の女子高生はおしゃべりに夢中でまったく気づいていない。

男はすれ違いざまに二人を刺した。血が飛び散ると、それを見た人たちが叫びながら、放射状に逃げ出した。男はさらに八人に刃を向けた。

男の前にがっちりした体の若者二人が立ちふさがった。男は二人に包丁を向けたが、一人の若者がその腕を取り、背負い投げをした。倒れた犯人にもう一人が覆いかぶさり、包丁を取り上げた。犯人が暴れたが、二人は犯人を羽交い締めにして捕まえた。

車道に停まっていた車は何事が起きたのかもわからず、クラクションを鳴らし続けた。

警官が交番から飛び出し、交差点の端で犯人に手錠をかけた。犯人はあきらめたのか、まったく抵抗しなかった。

救急車とパトカーが到着し、すぐに人や車に荒らされないよう現場近辺にロープが張られた。野次馬がたくさん集まっている中、犯人はパトカーに乗せられた。多くの救急隊員が倒れている人たちを救急車に乗せ、怪我人の介抱に当たった。

犯人がパトカーで連れ去られるのを確認して、男は喫茶店を出た。

被害者は十名で、うち死亡者は七名、重体一名、軽傷者二名だった。

犯人はすぐに自供した。

犯人は緒方孝一郎、二十八歳。無職。

緒方はサラ金から金を借りており、借金返済でトラブルを抱えていた。自殺を考えたが死にきれず、無差別殺人を起こして死刑になりたかったと供述した。死ぬ前に世間に対して復讐したかったとも述べた。

携帯電話も調べられた。緒方には友人も多かったが、血の気が多く、いつも喧嘩ばかりしていたので、友人たちも見放し始めていたらしい。通話記録はほとんどなかった。

検索内容には特に気になるものはなかった。強いて言えば、「死にたくなった人を救います」という情報を緒方は見ていたが、今は削除されていて、内容はわからなかった。緒方は宗教の勧誘だったと言った。

三か月で二度も起きた無差別殺人に、テレビや新聞はここぞとばかりに警察の無能を訴えた。テレビのコメンテーターは犯人の生い立ちを調べ、どうして無差別殺人を犯したのか、理由をはっきりさせることが事件防止につながると発言した。また、別のコメンテーターは世の中の仕組みを変えて、孤独者にも目の届いた行政が不可欠だと言った。

重体だった男性が死亡し、死者は八名になった。被害者の身元も判明した。

新川そら（十七歳）　女子高校生

前川希（十七歳）　女子高校生、新川の同級生

山田智之（三十五歳）会社員

神田ゆき（三十二歳）会社員、山田の同僚

松尾さくら（二十五歳）会社員

滝沢春子（七十三歳）無職

湯原たか子（七十歳）無職、滝沢の友人

中西誠（六十六歳）不動産会社経営

今回も被害者と緒方のあいだに接点は一つも見つからなかった。

―Xの記録―

第二の無差別殺人事件も犯人逮捕により、このまま進めば本人の希望どおり裁判で死刑判決が確定するだろう。

ここまでは計画どおりに進んでいる。ただ短期間にもう一回無差別殺人事件が起きれば、いくら愚かな警察だって疑問を持つかもしれない。しかし、ここでやめるわけにはいかない。

第三の無差別殺人は十二月二十四日（日）午後七時に池袋駅西口で行う。

クリスマス・イブで街は混雑しているだろうから、殺せる人数だってそれなりに多いだろう。楽しみだ。

十二月一日

3　池袋駅西口の殺人

十二月十七日の深夜、池袋警察署に一本の電話が入った。男は受け付けた担当者に対して、

「すぐにメモしてください。十二月二十四日の日曜日、午後七時に池袋駅西口」

とそれだけ言うと、電話を切った。

表示された番号を調べると、池袋駅前の公衆電話からだとわかった。しかし、誰がかけたかはわからなかった。


いたずら電話の可能性も高かったが、無差別殺人の可能性を考え、池袋警察署では、十二月二十四日午後七時前後の時間帯に、池袋駅西口の警備体制を強化することが決められた。電話が「爆発物を仕掛けた」や、「無差別殺人を行う」など具体的に言っていれば、近辺の通行禁止命令を出すことも考えられたが、何のあてもない電話だけで、クリスマス・イブの池袋駅近辺の群集を避難させて、パニックに陥れるわけにはいかなかった。


男の部屋はワンルームの新築マンションの二階の角部屋だった。

部屋の壁には模造紙が貼られていた。模造紙には、

①八月二十日（日）午前十一時　巣鴨地蔵通り商店街　川俣安男
②十月八日（日）午後五時　渋谷スクランブル交差点　緒方孝一郎
③十二月二十四日（日）午後七時　池袋駅西口　川田厚史
④二月十三日（水）午後三時　原宿竹下通り　松村淳一
⑤三月三十日（土）安藤行正

と書かれており、①と②には赤い○印が付けられていた。⑤にはなぜか時間と場所が書かれていなかった。

来年の三月三十日が安藤行正の、つまりは男が無差別殺人を犯す日だった。
男は家を出て、池袋駅へと向かった。

西口には制服警官が多数立っていた。通行人らは今日誰か外国からお偉いさんでも来ているのだろうかと不思議に思っただろうが、安藤行正にはその理由がわかっていた。
安藤は東西デパートが見渡せる駅前の喫茶店の二階窓際に席を見つけた。時間は午後六時四十五分を指していた。

午後七時、中年の男がバッグからナイフを取り出し、近くにいる人たちを襲った。二人が切りつけられたとき、警官が拳銃を発射した。弾は犯人の太腿に当たった。しゃがみこんだ犯人を警官たちが取り囲んだ。

男は、

「死にたくない。早く病院へ連れていってくれ」

と泣き叫んだ。

今回の事件では被害者は二名のみで、どちらも軽傷だった。

犯人は川田厚史、五十九歳で無職、独身とすぐに判明した。携帯は所持しておらず、家からも見つからなかった。川田は生きていても仕方ないので、無差別殺人を犯して死刑になりたかったと供述した。

「これじゃあ、死刑にならないじゃないか」

川田は泣き崩れた。

安藤は部屋に戻り、③に×印を付けた。

―Xの記録―

第三の犯行は完全な失敗に終わった。現場に警察が来るのが早かったかららしい。

なぜ早かったのか理由はわからない。

無差別殺人事件が続いたために、人口が集中する街の警備を厳しくしたのか。それともアイツが裏切ったのか。

それにしても川田厚史が生きたまま、いつか出所することになるのは大きな手違いだ。でも仕方ない。川田が出所する頃にはすべてが決着しているのだから、問題にはならないだろう。

今回の失敗は次の犯行に生かさなければいけない。天才は一度失敗したら、同じ過ちを繰り返さない。

第四の無差別殺人は二月十三日（水）午後三時に原宿竹下通りで起きる。

二月一日

4　原宿竹下通りの殺人

安藤はもう他人が殺されるところを見たくなかった。池袋駅西口での犯行を匂わせる電話を警察へかけたのもそのためだった。しかし今回は警察へ連絡するのをやめた。警官が警備体制に入っていたことを報告したとき、Xに問い詰められ、うまく答えられなかったからだ。今、Xに裏切り行為を行ったことがばれてしまうと、自分の番が回ってこなくなる可能性がある。安藤は早く無差別殺人を犯して死刑になりたかった。

竹下通りは平日にもかかわらず、学校帰りの学生や観光客でにぎわっていた。安藤は竹下通りのちょうど真ん中にあるレストランを見つけ、入口のある二階への階段を上った。満席で待合室には二組の客が座っていた。時間はまだ充分ある。安藤は待合室の椅子に腰かけた。

二十分ほどで案内されたのは、運良く窓側の一人席だった。時間は午後二時五十分。ショータイムまであと十分だった。

そのとき、松村淳一は竹下通りの中央付近を目指して歩いていた。松村はXから竹下通りの中央から原宿駅に向かって無差別殺人を実行しろと指示されていた。

午後三時、松村は時計を確認してひとつうなずくと、バッグから包丁を取り出した。それを見た女子高生がすぐに叫び声をあげた。松村は慌ててその女子高生の背中に包丁を突き立てた。その後、駅に向かって逃げていく人たちを追いかけるが、なかなか深手を負わせることができなかった。一人だけ殺しても死刑にならないことは聞かされていた。指示の中に警官を殺せば死刑になりやすいと聞いていた松村は、倒れている女子高生の元へ戻り、警官が来るのを待つことにした。騒ぎを聞きつけた制服警官がやってきたのを見て、松村は警官に襲いかかった。警官は肩を切りつけられたが、すぐに拳銃を取り出し、松村に向けて発砲した。弾は心臓を撃ち抜いた。即死だった。

救急車が来たときにわずかに意識のあった女子高生は病院で死亡が確認された。

被害者は、鞄の中に入っていた学生証により、

田坂三波（十八歳）　女子高校生

とわかった。

犯人の身元も所持していた運転免許証からすぐに判明した。犯人は松村淳一、五十五歳だった。持っていた携帯電話を調べると、「死にたくなった人を救います」という怪しげな情報を見ていることがわかった。

未遂も含めて四件の無差別殺人事件が短期間に都内で発生したことを受けて、警視庁に無差別殺人防止対策本部が設けられた。捜査本部では、過去の犯人や被害者の身元が詳細に調べられ、事件に共通点がないか、事件全体を見回して、犯人や被害者に接点がなかったかを徹底的に洗い直した。

そこで、無差別殺人という共通点以外に、ひとつだけ接点が見つかった。緒方孝一郎と死亡した松村淳一の二人が、「死にたくなった人を救います」という情報を見ていた。しかし、内容は削除されていた。

安藤行正は部屋に戻り、④に赤いマジックで〇印を付けた。

―Xの記録―

第四の無差別殺人は犯人が死んでくれるという最高の結末を迎えた。失敗はあったものの、ここまでは順調に進んでいると言えよう。

さあ、計画は最後の段階に入った。これで私の復讐のすべてが終わり、完全犯罪が成立する。この世に対する復讐が完全だとは思っていないが、それは無理というものだろう。どこかで満足しなければ、いつかは捕まってしまうのだから、今がやめどきだ。愚か者は成功体験を引きずるから捕まるのだ。私は愚か者ではない。

第五の無差別殺人は三月三十日（土）午後五時、銀座で安藤行正により行われる。

三月十五日

5　安藤行正の記録

神田雪乃との出会いが僕にとって幸運だったのか、不幸だったのかはわからない。ただ雪乃との出会いが僕の人生を大きく変えたことだけは間違いない。

きっかけは、自殺サイトに「死にたくなった人を救います」というサイトを見つけたことだった。

そのサイトに入ると、質問形式でＹＥＳ、ＮＯを選ぶ画面が現れた。

「あなたは死にたいですか?」　ＹＥＳ
「人生に悔いはありますか?」　ＹＥＳ

「あなたは自分が自殺したくなったのは社会や環境のせいだと思っていますか？」
YES
「あなたはどうせ死ぬのならば、社会に対して復讐したいと思いますか？」　YES
「あなたに無差別殺人はできますか？」　YES
『次へ』のボタンを押すと、住所、氏名、年齢、電話番号を記入する欄があり、顔写真を貼付して送信するよう指示が出た。

データを送信した夜、電話がかかってきた。僕の電話にかけてくるのは母親くらいのものだったから、非通知の表示を見て、すぐに自殺サイトからのものだと思い、電話を受けた。

女性の声で、

「安藤行正さんに間違いはないですね？」

と聞かれた。

そうだと答えると、

「私はXです。これから私の指示に従ってください」

と彼女は言い、以下の指示を受けた。

「あなたには無差別殺人計画のリーダーになってもらいます。詳しい話は直接会って話したいので、明日の午後二時にあなたの家のある森下駅のクーラーズコーヒーに来てください。あなたの顔はわかっていますので、店に入ったら私から合図します。以上、わかりましたか？」

僕が、

「はい、わかりました」

と言うと、電話はすぐに切れた。

翌日、約束どおりクーラーズコーヒーに入ると、白いTシャツにジーンズ姿の女性が片手を上げた。女性は店内にもかかわらず、黒いサングラスをかけていた。

こうして僕は、Xこと神田雪乃に初めて出会った。雪乃はとても美しい女性だった。

雪乃は僕の過去について詳しく聞いてきた。

僕は、小さな頃から両親に暴力を受けてきたこと、小学校時代からいじめにあい、それは高校を卒業するまで続いたこと、何度も自殺することを考えたけれど、結局勇気がなくてできなかったこと、両親や、僕をいじめた同級生を殺すことも考えたが、それも勇気がなくてできなかったこと、高校を卒業してから二十歳まで実家で引きこもっていたこと、二十歳になってマンションで一人暮らしを始めたこと、派遣社員として働いていたが、それも長くは続かず、職を転々としていることなどを話した。

「なぜ今回、自殺サイトに連絡したの？」

「マンションでもほとんど引きこもっていたから、彼女どころか友達もできないし、生きていてもしょうがないから自殺しようと思ったけど、一人で自殺するのは恐かったから。みんなで死ねば恐くないと思いました」

「私はあなたのような人を探していました。あなたの人生は私の人生とほとんど変わりません。私は父から性的な暴力を受けていました。母はそれを見て見ぬ振りをしていました。子供の頃にいじめにあったのもあなたと同じです。私の場合は高校を中退して家出しました。ゲームセンターで知り合った男と結婚しましたが、今度は夫が私に暴力を振るうようになりました。では、後の話はあなたの部屋でしましょう」

雪乃はそう言って立ち上がった。僕も慌てて雪乃の後に従った。


女性を部屋に入れるのは母親以外初めてだった。

僕が緊張して立ち尽くしていると、

「これから一緒にやっていくんだから、まずはお互いをよく知りましょう」

と言い、雪乃が服を脱ぎ始めた。僕は雪乃と初めての経験をした。

雪乃はそれから毎日僕のマンションを訪れた。そして、毎日セックスをした。僕は雪乃にのめり込んだ。

このまま自殺などやめて、二人だけで暮らせたらどんなにいいだろうと考え、雪乃に伝えたこともあったが、雪乃の自殺する意志は固かった。僕も雪乃と一緒に死ねるならそれもいいと思った。

僕は雪乃に暴力を振るう男が許せなかった。雪乃の夫を殺して一緒に死のうと雪乃に言うと、

「夫だけ殺しても私は満足できないの。私はこの社会に復讐したいの」

雪乃は言った。

具体的な計画を聞いたのは、雪乃が僕のマンションに通い始めてから一週間後だった。

「私一人で無差別殺人事件を起こしても、たぶん三人くらい殺せればいいくらいだと思うの。私は女性だし。それじゃあ、私は満足できないの。もっとたくさんの人を殺してやりたいの。だから、裏サイトで無差別殺人候補者を探しているわけ。人を増やせばそれだけ殺せる人も増やせるでしょ」

僕はうなずいた。

「行正が最初に連絡をくれたから、あなたにリーダーになってもらいました。あと最低四人は必要かな。実はもう一名は決まってるわ。川俣安男っていうおじさんなんだけど、生活保護をもらいながら、やっとの生活をしてる。と言っても酒は飲むし、パチンコはするし。まあ、人間のクズね。いつ無差別殺人を起こしてもおかしくないタイプ」

「じゃあ、あと三人は必要ってこと?」

「そのとおり。サイトを引き継ぐから、あとはお願いね」

「僕が?」

「二人は共同計画者なんだから、行正にもそれぐらいはやってもらわないと」

「わかったよ」

そんな会話をして、結局僕は残り三人を集めた。緒方孝一郎、川田厚史、松村淳一の三人だ。

なるべくたくさんの人を殺せる繁華街を狙うこと。スケジュールを組んで順番に実行すること。これはそれぞれの事件を単独犯だと思わせるためだと言う。確かに一日に何件も同時に無差別殺人が起これば、それが偶然とは考えられない。それから四人に警官を殺せば死刑になりやすいことを伝えること。これは警官を殺そうと思えば警官が拳銃で犯人を撃ち殺してくれる可能性があるから。死人に口なしというわけだ。警察や裁判所で余計なことを言わせないで済む。結局、二人は警官に殺されてくれたわけだから、雪乃の指示は的確だったのだろう。

スケジュールが決まり、僕はそれを模造紙に書いて、壁に貼った。

三番目の事件では僕が恐くなって、警察へ密告してしまったため失敗に終わったが、それさえなければ雪乃の計画は思いどおり進んでいることになる。


そして明日、やっと僕の本番が訪れる。さっき雪乃から電話があり、場所は銀座、時間は午後五時と決まった。今回は雪乃自身も現場に来るという。四時半に銀座の鶴屋デパートの表玄関で待ち合わせることになった。


雪乃は無差別殺人の実行犯にはならず、僕が死刑になる日に旦那を殺して自殺することになった。天国には行けないだろうが、あの世ででも二人一緒にいられれば、そこが地獄であろうが僕はかまわない。

それにしても、雪乃はなんでこんなに人を使ってまで殺人を犯すのだろうか。社会への復讐だとは言っていたが、あまりにも回りくどい方法のような気がする。僕なら復讐なんかしないで、ただ雪乃と一緒に死ぬだけで満足なのに。

では、明日の成功を願って、今夜は早く寝ておこう。

6　最後の無差別殺人

安藤行正は模造紙の⑤に？マークを付けてから家を出た。コートの内側に出刃包丁が入っていた。

地下鉄銀座線の銀座駅を出て、鶴屋デパートの表玄関で立ち止まる。待ち合わせの人が何人かすでに立っていた。雪乃はまだ来ていなかった。時間は四時十分。遅れないようにと早く来すぎたようだ。

四時半前に雪乃が到着した。今日の雪乃は自分の美貌を隠すかのように、サングラスをしていた。

雪乃は行正についてくるように言い、銀座四丁目の交差点を渡り、新橋方面へと歩きだした。

高級ブランド店が並ぶ通りを歩きながら、雪乃は言った。

「今回は最初の犠牲者を私が選ぶわ。だから、私の指示に従ってちょうだい」

行正は雪乃の言葉の意味を理解できなかったが、言われたとおりにやったほうが楽でいいくらいにしか思わなかった。

午後五時前、雪乃が、

「あの二人を狙って」

と言って、通りの反対側から歩いてくる中年の男女を指差した。

そのとき、指を差された女性が雪乃に向かって話しかけた。

「あら、エミリ。おうちで待っているんじゃなかったの？」

その言葉に雪乃は慌てて言った。

「早くあいつらを殺しなさい」

それを聞いたとき、行正の頭の中でモヤモヤしていた疑問の答えがはっきりと浮かび上がった。雪乃は両親を殺したいだけだった。雪乃は、いや、この女は最初から自殺する気なんてなかったんだ。

行正は雪乃の心臓に出刃包丁を突き刺した。

「なんで私なの？」

雪乃はそう言って、その場に倒れた。行正はそれから叫び声をあげて雪乃に近づいてきた両親にも刃を向けた。通行人は逃げ出し、歩道には行正と三人の死体だけが残った。

行正は雪乃の横にひざまずき、自分の心臓に出刃包丁を突き立てた。

警察が到着すると、若い女性の上に同年代の男が覆いかぶさり、そこからやや離れた場所に中年の男女が倒れていた。

被害者は、

川島智之（六十二歳）

川島慶子（五十八歳）　智之の配偶者

川島エミリ（二十七歳）　智之、慶子の娘

と判明した。

犯人は所持品から安藤行正（二十七歳）とわかった。

事件は最初、ストーカー殺人かと思われた。

すぐに警察は安藤行正の自宅マンションに急行した。

そこで見つけたものは警察を驚かすのに充分だった。壁に、連続して起きていた無差別殺人事件のリストが貼ってあったからだ。ストーカー殺人と思われた事件は連続無差別殺人事件へと一変した。

さらに机の引き出しから安藤の書いたノートが見つかり、事件の全貌が明らかになった。

安藤行正や他の無差別殺人犯は実行犯で、主犯は神田雪乃という女性だった。

安藤行正のノートを調べたが、神田雪乃についての情報は夫から暴力を受けていたことだけしかわからなかった。

警察は神田雪乃の行方を探すため、安藤行正のマンションの住人に聞き込みを行った。安藤の部屋には夏頃からしょっちゅう女が訪ねてきたことがわかったが、顔や名前まではわからなかった。


被害者、川島エミリの部屋の小型冷蔵庫に鍵付きの日記帳が入っている。その中には『Xの記録』なるものが記載されていた。

その最後のページには、以下の文章が書かれていた。

―Xの記録―

とうとう明日が本番になる。私の両親が結婚記念日で銀座にディナーへ出かけることになっている。行正には私の両親を殺してもらうつもりだ。私を弄んだ父とそれに気づかない振りをしてきた母。長年の怨みがやっと晴らせる。

今回の事件も単独犯の無差別殺人と考えられるだろう。本当は私自身が両親を殺したかったが、私はまだ捕まるわけにはいかない。生きて生きて、今までの不幸を取り返すくらい幸せになってやる。私は幸せにならなければいけない人間なのだから。

両親殺害計画を考えてから、すでに二年も経過してしまったが、明日、私の完全犯罪が成立する。

三月二十九日

川島家の葬儀の日、親戚の叔母が冷蔵庫で見つけた、鍵をかけたままの日記帳を川島エミリの棺の中に入れた。

警察はいまだに神田雪乃を捜している。

終着駅

夕食の後片づけをしていると、携帯の通知音が鳴った。画面をのぞくと河合なぎさからだった。すぐに電話に出ると、なぎさは泣いていた。その理由を僕は聞く前からわかっていた。

「またあいつに殴られたのか？」

電話口のなぎさの泣き声が大きくなった。

「とりあえず僕のアパートに来なよ。話をゆっくり聞いてあげるから」

「ありがとう」

なぎさの声は震えていた。

僕と河合なぎさは幼なじみだった。小さい頃は家が隣同士で、毎日のようにお互いの家を行き来していた。幼稚園の頃は土、日の二日間はお互いの家で夕食を食べ、一緒に風呂に入り、一緒に寝た。歳は僕がひとつ上だったので、なぎさは僕をお兄ちゃんのように感じていただろうし、僕もなぎさを妹のように可愛がった。

思春期を迎え、僕はなぎさに恋をした。でも、なぎさは僕をお兄ちゃんとしてしか認識していないみたいだった。

僕が大学入学のため上京して、なぎさと会う機会はあまりなくなったが、遠くにいるからこそ、なぎさへの思いはさらに膨らんでいった。

一年後、なぎさも東京の大学に入った。

それから僕たちはお互いの部屋を行き来した。二人で食事を作り、二人で「美味しいね」と言いながら食べた。休みの日は映画を観にいったり、ショッピングをしたりした。まわりから見たら、僕たちは恋人同士に見えただろう。しかし、二人の仲はいつまでも兄と妹の関係だった。

そして、告白するタイミングを逃しているうちに、なぎさは大学で知り合った同い年の山川悠介と同棲を始めた。

同棲について、なぎさは事前に僕に相談してくれた。

僕は、

「なぎさが幸せになるんだったらいいんじゃない?」

と答えた。なぎさはやや淋しそうな顔を見せたが、

「うん、わかった。じゃあこれからはなかなか会いに来れなくなるけど、たまには会おうね」

るほど飲んだ。

と最後は笑顔を見せた。僕は心のモヤモヤを払い落とすために、友人を誘って酒を浴び

山川悠介がなぎさに暴力を振るっていることを初めて聞いたのは、二人が付き合いだ
して三か月後だった。僕はすぐに自分のアパートに来るよう誘った。山川は普段は優し
いが、何か嫌なことがあると、なぎさに八つ当たりすると聞いた。
「別れたほうがいいんじゃないか」
という僕の忠告をなぎさはどうしても受け入れなかった。

それからは暴力を振るわれると、なぎさは僕の部屋へ逃げてきた。
山川は僕をなぎさの兄としてしか見ていないのか、なぎさが僕の部屋に泊まることに
関しては、一言も文句を言わなかった。

なぎさは夜の九時に僕の部屋に来た。
僕は冷やしておいた缶ビールをなぎさに渡した。なぎさはすぐに受け取ると、缶ビー
ルを開け、一口だけ飲んだ。
なぎさは太腿についた青あざを僕に見せて言った。

「今日は太腿を蹴られたの」

「もうあんなやつとは別れたほうがいいよ」

僕はこれで何回目かの忠告をした。

「そんなことできないよ。あの人は私がいなきゃ生きていけないの」

「そんなこと言ったって、また暴力を受けたんでしょ。女性に暴力を振るうなんて最低の男だよ」

「でも、あの人にだっていいところはあるの。普段はとても優しいし」

「暴力は絶対になくならないよ。今に大怪我するか、もしかしたら殺されちゃうかもしれないじゃないか」

「あの人は私のことを愛してるから、そこまでひどいことはしないわ」

「そういうのを共依存って言うんだよ。結果は悪い方向に行くのに決まってるんだ」

「私だって何度も別れようとしたんだよ。でも、土下座して謝ってくれるし、それからは優しくなるから」

「でも、結局はその繰り返しじゃないか。もう何回相談にのったかも忘れたよ」

「ごめんね。いつもありがとう」

「まあ、今日はもう遅いし、僕のベッドで寝なよ。僕はソファで寝るから」

僕は部屋の電気を消した。

しかし、なかなか寝つけなかった。

「あんなやつと別れて、僕と付き合わないか」

その言葉が言えない自分が情けなかった。


次の日の朝早く、なぎさは僕の部屋を出て、山川の元へ帰っていった。

それから半年間は何も起こらなかった。僕は安心もしたが、何も起こらないということは、なぎさと山川の仲がうまくいっているということであり、それは僕がなぎさになかなか会えないことも意味していた。


夏休みが終わり、秋季の講義が始まったばかりの九月半ば、なぎさからラインが届いた。

階段から落ちて腕を骨折し、都内の病院に入院していると書いてあった。僕はすぐに病院へ行った。部屋には山川と二人の警察官がいた。なぎさの顔には青あざができていた。なぎさは医師に、

「自分で滑ってアパートの階段から落ちた。そのときに顔をどこかにぶつけた」

と話したが、体の他の部分にもあざがあったことから、医師が警察官を呼んだようだ。

僕は警察官を廊下へ呼び出し、今までもなぎさは山川から暴力を受けていたことを告げた。しかし、なぎさは自分の主張を強く訴え、警察としてできることは何もなかった。

「もし、この女性に暴力を振るって怪我をさせたら、傷害罪になるから気をつけるように」

警察官は山川にそれだけ言うと、病室を出ていった。

山川は僕を睨みつけると、

「今日はもう帰るから」

とぶっきらぼうになぎさに言って、病室を出ていった。

その後、なぎさは妊娠していて、階段から落ちたために流産したことを、僕は医師から聞かされた。

二人だけになると僕はすぐに聞いた。

「山川に突き落とされたんじゃないのか」

なぎさは泣きながら、

「子供ができたことを話したら、すぐに堕ろせって言われて喧嘩になったの。悠介が私のことを押したら、そこに階段があって落ちてしまったの。そのせいでお腹の赤ちゃんは死んでしまったの。でも絶対に誰にも言わないでね」

と告げた。

　僕は山川が許せなかった。


　病院を出ると、山川が待ち伏せしており、僕の胸ぐらをつかんで、

「警察にチクりやがっただろう。もうあいつと会わせないからな」

と言って、僕を殴りつけた。

　僕は殴り返すこともできずに倒れたまま、山川が立ち去るのを見ていた。


　退院の日、僕は病院までなぎさを迎えに行った。僕は山川の元になぎさを帰したくなかった。

「そうだよね。今回のことはやっぱり限界を超えていたよ。私、死ぬかもしれなかったんだよね」

　なぎさは初めて山川との別れを口にした。

「今日は僕のところに泊まって、またアパートを探せばいいんじゃないかな」

「賢君はいつも優しいね。とりあえず悠介がいないうちに荷物を持ってくるね」

「一緒に行かなくてもいい？」

「大丈夫。今の時間なら悠介はいないから」

僕はなぎさと病院の前で別れた。


その日の午後七時、なぎさが僕の部屋にやってきた。なぎさは部屋に入るなり、

「私を抱いて」

と言って、僕に抱きついてきた。アルコールのきつい匂いがした。相当酒を飲んでいるようだ。

「自暴自棄になっちゃ駄目だよ。とりあえず座って」

僕はなぎさをソファに座らせた。

「もう山川の家に戻っちゃ駄目だよ」

「うん。わかった」

「アパートが決まるまでは僕の部屋に泊まればいい」

「賢君っていつも優しいね」

なぎさは真っ赤な顔をして笑いながら、持ってきたビニール袋を僕に見せた。

「今日の夕飯、私が作ってあげるね」

「ありがとう。ちょうどお腹が空いてたんだ」

僕はなるべく陽気な声で言った。

カレーライスを食べているあいだは、二人とも一言も話さなかった。

「ごちそうさま。すごく美味しかったよ」

僕の言葉になぎさは笑顔で応えた。

「じゃあ、後片づけは僕がやるから、お風呂にでも入ってて」


風呂からあがったなぎさはドライヤーで髪を乾かしながら、

「ねえ、今日は二人でベッドで寝よう」

と言った。

「昔はよく二人で寝てたよね」

「そうだったね。僕の寝相が悪くて、なぎさをベッドから落としちゃったこともあったよね」

二人がベッドに入ると、なぎさの右手が僕の左手を握った。

「こうやって手をつないで寝たよね。あの頃が一番幸せだったかもしれないな」

なぎさがつぶやいた。

「何言ってるの。なぎさの人生はまだまだこれからなんだから」

「やっぱり賢君は優しいね」

なぎさはそう言うと、すぐに寝息を立てた。

僕はなぎさの横顔にそっと自分の顔を近づけた。とてもいい香りがした。


朝目を覚ますと、いつもどおりのなぎさがいた。

「昨日はごめんね。だいぶ酔っぱらっちゃったみたい」

「ううん、大丈夫だよ。何かあったらいつでも言って」

「ありがとう」

なぎさは朝一番の講義を受けるために、僕より早く部屋を出た。


最上階の教室でなぎさは講義に出ていた。しかし、講義の内容はまったく聞いていなかった。

「賢君。今までありがとう。賢君は気づかなかったみたいだけど、なぎさは賢君のことがずっと大好きだったよ。賢君のお嫁さんになりたかった。私は赤ちゃんのところに行きます。ごめんなさい。さようなら」

なぎさは山西賢宛のラインを送信すると、開いている窓に向かって走り、そのまま飛び降りた。

葬儀は雨の中、地元長野市のお寺で、身内だけで行われた。山川悠介は来ていなかった。僕はなぎさの両親に、自分がいたのにこんなことになって申し訳ないと涙でかすれた声で伝えた。なぎさの母が僕の背中を撫でながら言った。

「賢君にはいろいろと面倒ばかりかけちゃって、こちらこそ謝らないといけないわ」

葬儀はしめやかに始まり、そしてしめやかに終わった。

なぎさからの最後のラインが僕の胸を切り裂いていた。

なぎさは僕のことが大好きだったんだ。僕さえ勇気を出して、

「もうなぎさを山川の元になんか帰さない。僕がなぎさを守るから僕と付き合ってくれ」

と伝えていれば、こんなことにならなかったんだ。あのとき、なぎさを抱いていれば、なぎさは死ななかったかもしれない。なぎさは死ぬほど悩んでいたのに、僕はその悩みを真剣に受け止めることができなかった。なぎさの思いに気づいてあげれば良かった。でも僕はなぎさに振られるのが恐かった。だから付き合ってくれと言えなかった。振られたら、もうなぎさに会えなくなる。それがどうしても嫌だった。結局は自分のことしか考えていなかった。それが悔しくて悔しくてたまらなかった。

なぎさはよく僕のことを優しいとほめてくれたが、あの最後の夜、僕に向けた「優しいね」の言葉は、「勇気がないのね」を意味していたことにやっと気づいた。

僕の中に、なぎさをこんなふうにした山川悠介に対する殺意が芽生えた。なぎさの仇を討てるのは僕だけだ。僕は山川悠介を殺して、自分も死のうと決心した。

僕はキッチンにあった果物ナイフを上着の内ポケットに突っ込んで部屋を出た。

アパートの前で待ち伏せしていると、山川が階段を降りてきた。山川は僕の顔を見ると驚いたようだが、にやけた顔で僕に近づいてきた。僕は山川の胸元に果物ナイフを向けて、体ごとぶつかった。その後何度も何度も山川の体にナイフを刺し続けた。山川は唸りながら刺された胸を押さえていたが、しばらくして道端に倒れた。

僕は返り血を浴びた上着を脱ぎ捨て、急いで自分の部屋に戻った。荷物の準備はすでに終えていた。と言っても、荷物は着替え一式と財布と携帯電話だけだったが。

僕は東京駅で新青森駅までの新幹線の乗車券と指定席の切符を買った。終点までの切符を買ったのは、自分も人生の終着点に向かおうという気持ちがあったからだろう。

車窓はビル街を抜け、田んぼや森林が見えるようになった。ワンカップの酒を飲みながらどうやって死ぬか考えていた。雪山でやけ酒を飲みながら寝てしまえば死ねるだろう。首吊り自殺も痛みを感じないという。いややはり、なぎさと同じ飛び降り自殺がいいのだろうか。

頭の中をなぎさとの思い出が走馬灯のように浮かんでくる。保育園や幼稚園に手をつなぎながら通ったこと、なぎさがいじめられていたのを助けようとして、逆に殴られ、なぎさに慰めてもらったこと、お互いの家でおままごとをして遊んだこと、小学生になってからは、二人だけで遊ぶこともあまりなくなったが、日曜日に両家族でよくバーベキューをやったこと、なぎさが少しずつ女らしくなったこと、中学生にあがって、なぎさを女性として意識するようになったこと、なぎさへの恋心を打ち明けられずに苦しんだ夜がいく日もあったこと、高校生になってもお互いに彼氏や彼女を作らなかったこと、なぎさが東京に来て山川悠介と同棲を始めるときに、何も言えなかったこと、そして、自分の勇気が足りなかったためになぎさを失ってしまったこと。

なぎさも言っていたが、幼稚園児の頃、二人で手をつないで寝ていた時期が僕たちにとって一番幸せだったのかもしれない。

新幹線の車内放送が次は終点の新青森駅であることを告げた。早くなぎさのところへ行きたかった。遅くなってしまったが、天国でなぎさに愛していると伝えたかった。

新幹線が新青森駅に到着し、僕は客の流れに従って、列車から降りた。ホームのベンチで、これからどこへ行こうかを考えていると、駅のスピーカーから声が流れてきた。

「この電車は折り返し東京行きです。十四時十八分発ですので、ご乗車の方は車内清掃が終わるまで、白線の内側でお待ちください」

その言葉は僕にとって神様からの声に聞こえた。僕が終着駅だと思っていたのは始発駅でもあるのだ。


そのとき、なぎさの声が聞こえた。

「賢君は死なないで。生きて生きて生き抜いて。悠介を殺した罪は償わなきゃいけないけど、賢君の人生はまだまだ先まで続いているんだから。だから、生きて。私の分まで生きて。そして絶対に幸せになって」

まわりを見たが、もちろんなぎさがいるわけはなかった。それでも僕の耳の奥で、なぎさの言葉が何度も反響した。

なぎさは僕が死ぬのを望んでいない。だったら絶対に死んじゃ駄目だ。なぎさのために生きろ。

僕は東京駅までの切符を買って、さっきまで乗っていた新幹線に乗り直した。

定刻になり、新幹線が東京に向けて走り出した。

まずは警察に行って自首しよう。何年刑務所に入るのかはまったくわからないが、自首すれば少しは罪も軽くなると聞く。必ず刑務所を出て、新しい人生を始めよう。辛いことはたくさんあるだろうが、なぎさのためにも幸せになろう。これからが僕の本当の人生の始まりなのだ。

終着駅は始発駅でもあるのだから。

背徳の清算

1

「お願い、そこでやめて」

片桐真純がくぐもった声で言った。

「えっ、なんで？」

田口勇也が驚いて真純の顔を見た。

「前にも言ったけど、うちの両親って信心深くて、結婚するまでは貞操を守れって言うの」

「そんなこと言ったって、このままじゃやめられないよ」

「じゃあ、口でしてあげるから。ごめんなさい」

真純は謝ると、勇也の男性器を口に含んだ。あまりにも不慣れな様子の真純を見て、勇也は言った。

「大丈夫だよ。今日はここで終わりにしよう」

「ありがとう」

渋谷のラブホテルを出ると、外はもう真っ暗になっていた。秋らしい風が二人を追い越していく。ただ、ジメジメした空気がいつもより重たく感じられた。二人はネオンの光から逃げるように、大通りに出た。時計を見ると六時半を過ぎていた。

「今日はタクシーで帰ったほうがいいよ」

勇也はタクシーを拾って、真純を乗せた。

「今日はありがとう。ごめんね」

「いいよ。結婚するまでの楽しみに取っておくよ」

タクシーが見えなくなると、勇也は駅を目指して歩き始めた。

お嬢様育ちで美人の片桐真純と付き合えるなんて、思ってもみなかった。しかし、大学二年生のとき、勇也がダメ元で真純に告白すると、真純は可愛らしい顔を真っ赤にしながら、

「はい。わかりました」

と言った。

今まで誰の告白もすべて断っていたはずの真純が自分と付き合ってくれるとは。勇也は驚きと喜びで有頂天になった。

「でも私のうちは厳しいから、それでいいなら」

「厳しいってどれくらい？」

「門限が七時なの」

「えっ、それじゃあ友だちと飲みにも行けないじゃん」

「女性同士の飲み会だったら九時まで大丈夫なの。その代わり、証拠の写真を撮って見せないといけないけど」

「すごい親だね。でも片桐さんと付き合えるのなら、僕はそれで全然構わないよ」

勇也は満足げに言った。


午後の最後の講義をサボってやっと真純を初めてラブホテルに連れてきたのに、中途半端に終わってしまい、勇也はモヤモヤしていた。時代遅れも甚だしい両親を持って、真純も大変だろうけど、これじゃあ飼い殺しと一緒じゃないか。

勇也は駅から電話でクラスメイトの松岡晴也を誘って、風俗店に行った。


「ああ、やっと心も体もすっきりしたよ」

「じゃあ、飲みにでもいくか」

「よし、今日は朝まで飲もうぜ」

二人は駅前の居酒屋へ入り、生ビールを注文した。

「それにしても、今日お前デートじゃなかったっけ？」

晴也が勇也に聞いた。

「そうだったんだけどさ」

「ドタキャンか？」

「それがさ、聞いてくれよ」

「嫌だよ。あんな娘と付き合えて、愚痴なんかあるわけないだろう？　打ち明けて断られたこっちの身にもなってほしいね」

「まあ聞けよ。真純の家庭は厳しくて、門限が七時なんだよ」

「えっ、この時代に？　時代錯誤も甚だしいな」

「そうなんだよ。だから今日、午後の授業サボって、恥ずかしがる真純をなんとか説得して、昼間のうちにやっとラブホテルまで行ったんだけど」

「なんだって。うらやましい奴だ。じゃあ真純ちゃんとしたのか？」

「まあ、聞けよ。シャワー浴びて、二人で裸になって、抱き合って、キスして、さあこれからだと思ったら、両親が処女を捨てるのは結婚するまで許さない、なんて言い出してさ」

「えっ、じゃあしなかったのか？」

「ああ」

「俺なら無理やりでもしちゃうけどな」

「そんなことをして振られるのも嫌だから、今日のところはあきらめたってわけだよ」

「それはそれは。真純ちゃんが処女だったことは驚きもしないけど、お前はよくそこでやめられたね。純愛カップルってわけだね」

「こっちはそんなつもり、まったくないんだけど。あまりに驚いて、どうしていいのかわからなくなっちゃってね」

「勇也は優しいからな」

「そんなわけで風俗で始末しないとやりきれなくて、お前を誘ったんだ」

「まったく情けない奴だが、情けないお前の後始末に付き合わされた俺は、もっと情けないじゃないか」

「ハハハ。だから情けないもん同士、今日は朝まで飲み明かすんだ」

「よし、しょうがないから付き合ってやるか」


片桐真純は厳格な両親のもと、箱入り娘として大切に育てられた。しかし、両親は異性関係以外の点ではかなり真純を甘やかしていた。真純が欲しいと言ったものはすべて買い与え、真純は自分の願いは叶えられるものだと信じて生きてきた。真純は世間知らずだった。

そんな真純が大学生になって初めて恋をした。相手は同じクラスの田口勇也だった。異性と付き合ったことのない真純にとって、初めての恋は運命に思われた。私は勇也君と必ず結婚する。真純はそれを信じて疑わなかった。

しかし、真純には自分から告白するという選択肢はなかった。真純は他の男性からの告白を断り続け、田口勇也が告白してくれる日を待っていた。

田口勇也から「僕と付き合ってくれませんか」と言われたとき、真純は自分の願いは必ず叶うという思いをさらに強くした。


勇也と真純のプラトニックな付き合いは、順調に進んでいた。真純は勇也の優しさに強い尊敬を抱き、勇也は真純を真綿で包むように大切に扱った。お互いをよく知れば知るほど、二人の愛は深まっていった。

「大学を卒業して、仕事も安定したら、僕と結婚しよう」

勇也の言葉に真純は涙を流して喜んだ。

「あっ、真純ちゃん」

校門で待ち伏せしていた晴也が声をかけた。真純は今年流行りの黄緑色のワンピースを着ていた。

「松岡君、これから授業？」

「いや、実は真純ちゃんを待っていたんだ」

「あら、何か用事かしら？」

「実はね、勇也の件でちょっと話したいんだけど」

「何？」

「ここじゃあなんだから、俺の部屋に来ない？　ここから近いから」

「ええ、わかったわ」

世間知らずの真純は、何のためらいもなく松岡晴也の部屋までついていった。

「いまお茶出すよ」

「ありがとう」

二人分の冷たい麦茶がテーブルに並んだ。

「それで、勇也君の話って？」

「この前さ、勇也と朝まで飲んだんだけど、勇也が悩んでいたから」

「何を悩んでいらしたの？」

「真純ちゃんがあまりにも両親の言いなりになっているから、心配なんだってさ」

「何が心配なの？」

「門限が七時だったり、真純ちゃんのこと愛しているのにセックスできなかったり、あまりにも古風すぎる環境にいるのが心配なんだって」

「でも、勇也君はそれでもいいって言ってくれたから」

「真純ちゃんには男の気持ちがわからないんだよ」

「男の気持ちって？」

真純が晴也のほうを見上げながら聞いた。ワンピースから胸元の膨らみが見えた。

「だからさ、若い男はいつだってセックスしたいんだよ。だから、処女にこだわっていないで、勇也の相手をしてあげなよ」

「男の人ってそんなにしたいの？」

「ああ、特に真純ちゃんみたいに可愛い娘とセックスしたくない奴なんて、誰もいないよ」

「じゃあ、松岡君も私としたいの？」

「当たり前じゃないか。言っておくけど、男の部屋に一人で来るなんて、してもいいですよって言ってるのと同じなんだよ」

真純は晴也の顔に浮かんだ欲望を見て、後ずさった。そのとき、ワンピースの裾がはだけ、真っ白な太腿が見えた。

晴也は我慢できずに真純に飛びかかった。

「松岡君、やめて」

晴也はその声を無視して、真純のワンピースを剝ぎ取った。

抵抗も虚しく、真純は晴也に処女を奪われた。痛みと情けなさで涙が出た。

「ごめん。つい」

泣き止まない真純に晴也は謝った。

「こんなこと、パパは絶対に許してくれない。私、きっと家から追い出されるわ」

「大袈裟だよ」

「松岡君は私の両親を知らないから、そんなこと言えるのよ」

「でも、真純ちゃんさえ言わなきゃ、お父さんだってわからないよ」

「神様にはわかっている。私はパパに懺悔しなきゃいけないのよ。パパは牧師なの」

「えっ、そうなの？」

晴也は真純の真剣な顔を見て、覚悟を決めた。

「わかったよ。じゃあ、俺もついていくよ。罪を犯したのは俺だしね」

2

片桐真純の家は、高台のいわゆる高級住宅地にあった。十字架が屋根にそびえたつ、立派な教会の離れにある二階建ての家に住んでいた。

晴也はスーツ姿で真純の隣で立ち止まった。二人の顔は緊張で固まっていた。

「さあ、行こうか」

真純が玄関のドアを開けた。


真純の両親が玄関に立って待っていた。晴也は丁重に頭を下げた。

「さあ、どうぞ」

母親に招かれて、八畳の和室に案内された。

事前に懺悔は済んでいるようで、父親の顔は苦虫を噛み潰したようだった。

「申し訳なかったです。すべては僕の責任です」

「それで、どうやって責任を取るつもりなんだね？　真純の貞操を取り戻すことなんてできないわけだからね」

「罪を償います。その後はなんなりとお好きなようにしてもらっても結構です」

「私は真純を勘当するつもりでいる。約束だからな」

「でも、僕が無理やりしたんです。真純さんに悪いところなんてひとつもなかった」

「君にも当然罪を背負ってもらうよ」

そのとき、今まで黙っていた母親が晴也に言った。

「あなたは真純のことを愛しているの？」

「はい、愛しています。あの日のことはほんの出来心で、今では反省しています」

「どうかしら、真純はこの人と結婚しても構わないの？」

真純が驚いて顔を上げた。

「もし、この二人が結婚してくれたなら、ただ順番がおかしかっただけの話でしょ。娘が強姦されたなんてことが近所に知れ渡るの、私は嫌だから」

母親が続けて言った。今度は晴也が驚いた。

「なるほど。確かに牧師にとってスキャンダルだけは避けなければならないな。お前たち二人に結婚の意志はあるのか？」

「はい、僕はもともと真純さんを愛していますから」

晴也がためらわずに行った。

「真純はどうだ？」

「わかりました。私はこの人と結婚します」

「そうか。それではなるべく早く式の日取りを決めないといかんな」

母親の顔がほころんだ。

「真純、良かったね」

「はい」

「それじゃあ、真純をよろしくね」

「はい、わかりました。絶対に幸せにしてみせます」


二人は片桐家を後にした。

「真純ちゃん、本当に俺でいいの？」

「だってママがせっかく間に入って出してくれた提案だったから」

「それならそれで、こっちは全然構わないんだけど。とにかく無理やりしてしまったことについては本当に謝るよ。ごめんなさい」

「もういいの。実は貞操、貞操っていつも親から言われてて、面倒くさかったの。まわりの人たちはみんな済ませてて、私のことを馬鹿にするんだもの。なんだか少しホッとした感じがする」

「それなら良かった。でも、勇也には伝えないといけないね。これから二人で勇也のアパートに行こう。こういうのはなるべく早く済ませたほうがいい」

勇也はアパートにいた。真純と晴也が二人で訪ねてきたことに驚いたが、笑顔で二人を迎え入れた。

「どうしたの？　二人でなんて珍しい」

「ちょっと話したいことがあって」

真純がためらいがちに言った。

「俺から話すよ」

晴也が話を引き継いだ。

「実は俺たち、結婚することになったんだ」

勇也は言葉も出ずに、ただポカーンと口を開けた。

「ちょっと待って。いったいどういうこと？」

「話せば長くなるけど、順番に事実を話すことにするよ」

晴也が勇也の顔を見つめてから、

「本当にごめん。友人を裏切るようなことをして」

晴也が土下座した。

「だからなんなんだよ」

勇也は話が冗談ではないらしいことに気づいて、厳しい口調で聞いた。

「俺が真純を犯した」

「なんだって」

勇也が晴也の頬を殴りつけた。晴也は床に倒れて、少しの間そのままの姿勢でいた。

「なんで犯された奴と結婚するっていう話になるんだよ。俺たちは結婚を約束したじゃないか」

　真純が後を続けた。

「晴也君にされちゃったことを両親に話したの。そうしたら最初はパパに勘当だって怒鳴られたんだけど、処女を失った相手と結婚すれば問題ないじゃないかってママが言ってくれたの」

　勇也が呆れた声で言った。

「じゃあ、あのときホテルで真純としておけば、俺が真純と結婚できたってことか。そんなのどう考えてもおかしいだろう。我慢してた俺が損をして、真純を犯した奴が結婚相手に選ばれるなんて」

　晴也が起き上がって言った。

「俺も両親からその話を聞いて驚いたんだ。刑務所に行く覚悟で真純ちゃんの家に行ったから」

「何が何だかわからないな。要するに俺は真純とお前を同時に失わなきゃいけないってことか？」

「今までの付き合い方は当然できないと思う。本当にごめん」

「真純もそれでいいんだな？」

　真純が小さくうなずいた。

「それならもうどうしようもないじゃないか。こんな別れ方は永遠に納得いかないけどな。だけど二人がそれでいいって言う以上、俺には何もできないよ」

「ごめんなさい」

　真純が謝った。

「もういいよ。その代わり、もう一度だけお前を殴らせろ」

　晴也が素直に勇也の前に立った。勇也はさっきより強い力を込めて、晴也を殴った。歯が一本吹き飛び、晴也の口から血が流れた。真純がすぐにハンカチを晴也に渡した。

　晴也は左頬を押さえたままもう一度、

「本当にごめん」

と再び土下座した。

「わかったから、もう早く出てってくれ」

　勇也は疲れた声で二人を追い出した。

3

「突然すみませんが、写真を撮らせてもらっていいですか？　僕は可愛い女性の写真を撮っているんです」

スーツ姿の男が真純に話しかけた。

真純は無視して歩き出したが、男はしつこかった。

「一枚だけでいいんだ」

「ごめんなさい」

「君が謝る必要なんてないよ。そうだ。じゃあ、写真を撮らない代わりに、一緒に食事でもどうかな？」

真純は写真を断ったうえ、食事も断るのは失礼じゃないかと思った。

「食事だけならいいです。でも、家には七時に帰らないといけないですけど」

「へえ、門限？　じゃあ、お茶にしよう。あそこに喫茶店があるから。あそこのチーズケーキ美味しいって噂だよ」

男は真純を喫茶店に導いた。


「僕はブレンド。君は飲み物どうする？」

「はい。じゃあミルクティーをいただきます」

「それとチーズケーキを二つお願いします」

男は店員に言った後、真純に話しかけた。

「遅くなったけど、僕は真鍋亮介と言います。君の名前は？」

「片桐真純です」

「へえ、ぴったりな名前だね。すごく清純そうだし。大学生？」

「はい、青木学園大学三年生です」

「そうなんだ。じゃあ、二十一歳かな」

「はい」

「僕は二十五歳。鎌倉技術工業で新商品の開発事業を担当しているんだ」

「難しそうな仕事ですね」

「いや、まだ社会人三年目だから、今は先輩の手伝いくらいしかしてないよ。でも将来は今までにない新商品を作りたいと思ってる」

「夢があるって素晴らしいですね」

「君だって若いんだから、夢や希望くらいあるでしょう」

「いいえ。本当は愛してる人がいるんですけど、好きでもない人と結婚しなければいけないと親が言うんです」

「そんなのおかしいよ。成人になったんだから、親の意見なんて聞かないで、自分の思いどおりに生きなくちゃ。人生は一回きりなんだから」

「でも、今まで親に逆らったことがないから」

「これから逆らえばいい。よし、今日はまず門限破りをしよう。楽しい場所を紹介するから」

飲み物とチーズケーキがテーブルに置かれる間、真純は迷っていた。

あれだけ貞操を守れと言いながら、犯された相手と結婚させようとするなんて、両親は、私のことより自分たちのメンツにこだわっているだけじゃないか。それならば私は私の道を行って何が悪いのか。

「わかりました。お願いします」

真純が亮介に言った。

喫茶店を出て、ゲームセンターに入った。そこは真純が一度も経験したこともないきらびやかな世界だった。音はやかましいけれど、そこに並ぶゲームの数々に真純は目を奪われていた。

男はシューティングゲームやクレーンゲームなど見本を見せた後、真純にも丁寧に教えてくれた。

「初めてにしては素質があるね」

亮介の言葉に真純は顔を赤らめた。

「よし、次はバーに行こう。大人の雰囲気が味わえる、僕のお気に入りの場所なんだ」

バーは地下一階にあった。中はコンクリートの打ちっぱなしで天井は梁が剝き出しになっていた。店内は薄暗く、カウンターの明かりだけが煌々と輝いていた。

「こういうところは初めて？」

真純は小さくうなずいた。

亮介はカウンターに座ると、店のマスターに、

「マスター、僕はいつもの。この人には甘くて飲みやすいカクテルをちょうだい」

真純は勇也と晴也を亮介と比べていた。年齢は四つしか違わないのに、どうしてこの人はこんなに大人なんだろう？　真純は自分の知っている世界がとんでもなく小さかったことに驚いた。この人は私を大人として扱ってくれる。

飲んだことのないカラフルな甘くて飲みやすいカクテルを、亮介は真純のためにさらに三杯注文した。

店を出るときには、真純は酔って一人では歩けなかった。亮介は真純の肩を抱き、ホテルに連れ込んだ。

亮介のテクニックに真純は歓喜した。あれから晴也とは何回かセックスしたけれど、感じたことは一度もなかった。晴也に抱かれると、真純は強姦された記憶がよみがえり、どうしても受け入れられなかった。それでも晴也は、強引に男性器を抜き差しして

は、勝手に果てた。

しかし、亮介のセックスは真純を初めての世界へ連れていった。

亮介はゆっくり時間をかけ、真純の体を嘗め回し、大切な部分も丁寧に愛撫した。ゴムを付けずに挿入して、真純が何度もイクのを確認したうえで、自分のものをすべて真純の中に吐き出した。お腹の中が熱くなった。

これが本当のセックスなんだ。これが大人のセックスなんだ。真純は亮介に惚れていた。自分はやっと大人の仲間入りができたのだ。この人と一緒にいれば、両親からも解放され、新しい自分になれる。真純はそう思った。

二人は携帯番号を交換してホテルを出た。

4

亮介から電話があると、真純は待ちきれないように指定されたラブホテルへ行った。二人の関係が始まって半年後、生理が止まり、吐き気が止まらなくなった。もしかしたらと産婦人科へ行くと、妊娠していることがわかった。

妊娠三か月。亮介の子供だ。真純はそう確信した。晴也とはセックスするとき避妊をしていたから。やはり私の結婚する相手は真鍋亮介だ。しかし、両親は亮介との結婚など決して認めてくれないだろう。亮介と結婚するための方法はひとつしかない。

真純は両親に晴也の子供を妊娠したと告げた。両親はお腹が大きくならないうちに結婚式を挙げなければいけないと言った。

晴也は真純の妊娠を喜んだ。真純はそれを冷やかな表情で見ていた。

「海でも見に行かないか」

晴也が真純に行った。

「車がないじゃない」

「君のパパが貸してくれたんだ。たまには海風に当たるのもいいんじゃないかって」

「伊豆半島なんてどうかしら？」

「そうするか。とりあえず熱海か伊東あたりに向かおう」

崖から落ちた田口晴也の遺体は、事故の三日後に見つかった。

遺体の確認に呼ばれた真純は、泣き崩れながらも、それが晴也だと認めた。娘を心配して同行した両親も、遺体は晴也だと確認した。

警察の事情聴取に真純が呼ばれた。

「事故の状況を話してください」

警察官が言った。

「はい。あの日は晴也君がパパから車を借りて、海へ行こうって言いました。こんなことは初めてでした。私が伊豆半島に行きたいと言ったので、晴也君は熱海へ向かいました。道中は私のお腹の赤ちゃんのことだとか、結婚したらどこに住もうかだとか、そんな話をしました」

「喧嘩はしなかったんですか?」

「私たちは喧嘩をしたことがありません」

「そうですか? 仲が良かったんですね。今回の事故にはお悔やみを申し上げます。それから?」

「車は熱海を過ぎて、伊東に向かっていました。その途中に崖がありました。晴也君は車を停めて、崖から海を見てみようと言いました。でも、そこは進入禁止の看板が立っていました。だから私は行くのはやめたほうがいいって引き止めたんです。それでも晴也君は、『そうだね、君は来ないほうがいい』と言って、看板を越えて奥に入っていきました。あのとき私がもっと引き止めていれば、晴也君は死なずに済んだんです」

真純の瞳から大粒の涙があふれた。

「まあ、仕方ないでしょう。ご本人の意志で行ったのですから」

警察官が真純を慰めた。

「私は車の中で待っていました。そうしたら晴也君の叫び声が聞こえて。私は『晴也君』って何回も大きな声で呼んだのに、晴也君は引き返して来なかったんです。だから私は勇気を振り絞って、崖へ向かいました。崖は絶壁で、下も岩だらけでした。崖の上に晴也君の姿は見えませんでした。下をのぞいてみると、晴也君の靴が片方だけ岩の上に残っていました。私はすぐに車に戻って、警察を呼びました。それから両親にも電話しました」

真純はハンカチで涙を拭いた後、

「パトカーが来て、私は今と同じ話をおまわりさんにしました。誰か他に人はいなかったか聞かれましたが、私は気づきませんでした」

「厳しい質問をしますが、自殺ということは考えられますか？」

「でも、晴也君と私は結婚が決まっていたし、私のお腹の中には赤ちゃんがいるんです。自殺なんて考えられません」

「それでは供述書にまとめますから、出来上がったら読んでください。内容に間違いがなければサインをお願いします。それまで廊下でお待ちください」

晴也の遺体が検死されると、崖から落ちたときの傷しか見つからなかった。死因は溺死だった。警察は事故死と判断した。


それから一週間後、真純は亮介を呼び出した。

前に入った喫茶店で、真純は亮介の子供を妊娠したことを告げた。

「もちろん中絶するんだよね」

亮介はすぐに言った。

真純の頭の中が真っ白になった。

「私たち愛し合ったじゃない？　なんで赤ちゃんができて喜んでくれないの？」

と叫んだ。

「だからお嬢様は嫌なんだよ。なんでも独りよがりで、なんでも自分の思いどおりになると思ってる。ただ遊んだだけなのに」

亮介はレシートを手に取り、一人でレジに向かった。真純は椅子に座ったまま、ただ亮介が店を出ていくのを見送った。


これから自分はどうしたらいいのか。亮介のために私は晴也を殺してしまった。子供を中絶することを両親は絶対に認めないだろう。私は亮介の子供を晴也の子供と偽って、これからの人生を子供と二人で生きていかなければならないのか？

亮介を納得させるしかない。真純は亮介の携帯番号に電話した。

「この電話は現在使用されておりません」

メッセージが流れた。亮介は携帯番号を変えたのだ。ネットで鎌倉技術工業を調べてみたが、そんな会社は存在しなかった。

お腹の赤ちゃんは大きくなり、もう中絶はできなかった。どうにかして真鍋亮介を見つけ出さなければいけない。

真純は毎日、亮介と行った喫茶店、ゲームセンター、バーに足を運んだ。しかし、亮介には出会えなかった。バーのマスターから、亮介がナンパばかりして、年がら年中女性と問題を起こしていたと聞いた。

「問題を起こすと一年くらいは店に来なくなるんだよ。もうほとぼりが冷めたと思うと、今度はまた違う女性を連れてくる。お客さんのことを悪くは言いたくないけど、あの人はセックス依存症じゃないかな。まだ若いんだから、今度のことは早く忘れたほうがいいよ」

マスターは素っ気なく言った。

5

田口勇也は新聞で松岡晴也の事故死を知った。記事にはフィアンセのお腹の中に晴也の赤ちゃんがいると伝えていた。一時は喧嘩別れをしたけれど、時間が経つにつれて、二人には幸せになってほしいと思えるようになっていた。

事故を知って、勇也は真純のことが心配になった。

「一度会って話をしないか」

勇也は真純に電話をかけた。

校内のベンチに腰掛け、まわりに誰もいないのを確認してから勇也が言った。

「だいぶ疲れてるみたいだけど、大丈夫？」

「勇也君、私どうしていいかわからなくて」

「それはショックだよね。フィアンセが事故死するなんて」

「でも私、晴也君のことは愛していなかったから」

「えっ？」

「強姦した相手を好きになれるわけないじゃない」

「でも、お腹の中に赤ちゃんが」

「あれからも晴也君とはセックスしたから。でも、私は嫌だった。いつも強姦されたことを思い出すから。本当は毎回犯されている気分だったの」

「そうだったの?」

「うん。でも妊娠してしまったし、もう晴也君と結婚するしかなくなって」

「真純は自分の意志を持つべきだよ。両親の言いなりになんかならないで」

「ええ、今はもうわかったの。パパもママも世間体しか考えていなくて、私の幸せになんかまったく興味がないことに。だから私は私で生きていくつもり」

「自分の幸せは自分でつかまないと駄目だよ」

「きっと晴也君は私を強姦したバチが当たったのよ。だから神様が事故死させたの」

「お腹の赤ちゃんは生むんだよね」

「もう中絶はできないってお医者さまに言われた」

「そうか」

「私、死のうと思って、カミソリで手首を切ったの」

真純は包帯を巻いた右手を見せた。包帯は少しだけ赤く滲んでいた。

「駄目だよ、死んじゃ。自分のために生きるって決めたんでしょ」

「ええ、もうしないわ。結局恐くて自殺なんてできないから」

勇也は少し考えてから、真純に言った。

「晴也が死んだ以上、その前に交わした僕たち二人の婚約は生きているんだよ。だから僕と結婚しよう。お腹の赤ちゃんは僕の子供として育てるから」

真純は驚いた顔で勇也を見た。勇也の顔が滲んで見えた。勇也はハンカチで真純の涙を拭いてあげた。

「やっぱり勇也君って優しいんだね」

「子供が生まれたら結婚しよう。就職も決まったから、僕がどうにかするから」

「ありがとう」

真純は勇也の胸元で泣きじゃくった。


田口勇也と片桐真純の結婚式は、卒業式の前に行われた。真純は元気な男の子を無事出産していた。真純の両親も喜んでいた。何と言っても、松岡晴也は真純を犯したのだ。田口勇也という男はとにかく優しい。それに田口勇也は約束どおりに真純の貞操を大切にしてくれていたのだから。

勇也の両親は、まだ社会人になってもいないのに子持ちの女性と結婚するのに、最初は反対した。けれど勇也の強い意志に負けて、結婚を許した。

結婚式は身内のみで、真純の父の教会で行われた。誓いの言葉、指輪の交換、そして誓いのキスを交わした後、花婿と花嫁が赤いじゅうたんの上を歩き、教会の出口に向かった。

真純は満面の笑みで、参加者にお辞儀していた。

あの日、勇也から電話がかかってきたとき、真純はすぐに計画を思いついた。優しい勇也のことだから、うまくいけば結婚しようと言ってくれるだろう。右手首にわざとカミソリを浅く当てて、傷だけつけた。包帯にもわざと血を滲ませた。お腹の赤ちゃんのことだけは心配だったが、男気のある優しい勇也のことだから、それもなんとかなるだろう。もともと晴也に犯されなければ、二人は今のように結ばれる予定だったのだ。本当に愛しているのは勇也だったのだから。後ひとつだけ、生んだ男の子に事故死してもらえば、すべての計画は完成する。そうすればただ元に戻っただけだとも言えるではないか。

太陽の光が祝福するかのように二人を照らし出した。真純が勇也の目を見つめると、勇也は真純を見つめ返した。その瞳には晴れやかな笑顔の自分の顔が映っていた。

トモちゃん

ときどき眠れない夜がある。どういうわけか、ベッドに倒れ込むほど疲れた夜にかぎってそんなことが多い。昼間の興奮が冷めやらぬからなのだろうか。

夜は世の中の音をどこかへ連れ去ってしまう。たまに夜に忘れられた音たちが、窓の外から自己主張するかのように響きわたる。救急車のサイレン音や酔っぱらいの喚き声、発情した猫たちの執拗な呻き声など、そこには世の中に置いてきぼりにされた悲哀がどこか含まれている。

それでもじっと目を閉じていると、それらの音もしだいに夜の静寂に呑み込まれていく。その静けさに耐え切れず、私は思わず耳をふさぐ。すると今度は、耳の奥でジーという途切れることのない単調な音が聞こえ始める。曲が始まる前のレコード盤の溝をこする針のすすり泣きの声にどこか似ている。その単調さが私をよけいに苛立たせる。

やがて情景とともに、頭の中を隠れていた昼間の喧騒が駆け巡る。上司の小言やクレームの電話の怒鳴り声、自動車のクラクションと運転手の罵声、ビルの壁面のスクリーンに映るアイドルたちの歌声、人の流れを無視して客引きをする若者の馴れ馴れしい声、大勢の人々の靴音の不協和音とヘッドフォンからあふれる雑音。頭の中で革命でも起こそうとしているのだろうか。私はテレビの電源をオンにする。わざと小さな音にして、そこに意識を集中させる。すると濃い霧が晴れていくように、さっきまでの騒音が消えていく。画面では、明日を夢見るグラビアアイドルたちが、面白くもないことでキャーキャーはしゃぎ回っている。そのかすかな黄色い声が触媒となって、そのまま眠れてしまうこともある。しかし、眠れない夜のほうが断然多い。

その日も眠れずに、ボーッと天井を見上げていた。素直に眠るのをあきらめて、窓の外を見つめる。雪が降っていた。夜は白く輝いて見えた。街灯の光が雪に反射して、町全体を真昼のごとく明るく包み込んでいる。川端康成の『雪国』の冒頭の一行を思い出した。雪が地上の音をすべて引き連れて、地面に降り積もっていく。そういえば、あのときも雪が降っていた。窓から洩れる青白い光に照らされた天井のスクリーンに幼かった頃の私が映し出された。

＊　＊　＊

近所に同い年の女の子が住んでいた。ピンクとイチゴとパンダの大好きな、笑うとエクボの可愛い女の子、それがトモちゃんだった。トモちゃんとワタシは、幼稚園に入るとすぐに仲良しになった。家が近かったこともあったが、二人を結びつけた一番のきっかけは小児ゼンソクという病だった。同じ苦しみを味わう者同士の他の子とは違ったキズナを、小さいながらもお互いに感じ取っていたに違いない。ゼンソクというのはおかしな病気で、普段は他の健康な子供たちとまったく変わらないのに、一度発作が始まると呼吸さえ困難になってしまう。水の交換を忘れられた水槽で、一生懸命水面に口を出している金魚のように。

ワタシなどは発作を起こすのが恐くて、家の中で静かに遊んでいるのが好きだったが、トモちゃんはなんでもないときには平気で外を走り回っていた。そんなトモちゃんのことがうらやましかった。実際にはトモちゃんのほうが病状はひどく、救急車で病院へ運ばれたことも何度もあったはずなのに。

トモちゃんとは病院に行くのもいつも一緒だった。注射は大キライだったけれど、隣にはいつもトモちゃんがいてくれて、そのおかげでワタシは泣かないで我慢もできた。帰り道ではいつも病院の近くの喫茶店に連れていってもらった。トモちゃんはイチゴパフェ、ワタシはチョコレートパフェを食べるのが一番の楽しみだった。暑くなると喫茶店の店先に「氷」と書かれた旗が立てられる。漢字は読めなかったが、青と白の旗に赤い字で書かれているその文字が、かき氷の季節がやってきたことを知らせることだけは二人とも覚えていた。トモちゃんはいつも氷イチゴ、ワタシはイロイロなかき氷を順番に食べるのが好きだった。幼稚園で覚えた歌を、二人で大きな声で歌いながら家に帰った。

そんなトモちゃんが亡くなった。持病の小児ゼンソクの発作を起こして救急車で運ばれたが、間に合わなかったのだ。もちろんそれは後から聞いた話で、まだ小さかったワタシがその現実をどこまで理解していたかは、今となってはもう思い出せない。しかし、昨日まで一緒に遊んでいたトモちゃんが、突然この世からいなくなるなど考えたこともなかったことだけは確かだろう。

お昼ごはんの後、幼稚園の制服を着せられ、ママとお出かけした。ママは黒い服に着替えていた。

「また幼稚園に行くの?」

ワタシの問いかけにママは「ううん」と首を横に振って、あとは何も言わなかった。

外は朝から降り出した雪でまっ白になっていた。吐く息の白さが面白くて、何度も息を吐きだした。テレビで見た怪獣みたいだった。綿のような雪はまだ降り続いている。まだ誰にも踏まれていないまっさらな雪で埋もれた地面を歩くたびに、雪が長靴の下でキュシュ、キュシュと鳴くのも面白かった。

着いたのはやっぱり幼稚園ではなかった。そこは雪みたいにまっ白な四角い建物だった。建物の前は白と黒のカーテンのようなものに包まれていて、花で作った大きな輪っかがいくつも並んでいた。ママと同じ黒い服を着た大勢の人たちが俯き加減に立っていた。子供心に騒いではいけない場所であることがわかった。ママに連れられて建物に入ると、目の前にトモちゃんの大きな写真が花に囲まれていた。写真のトモちゃんはいつもと同じ笑顔だった。頬っぺにはエクボがくっきりと出ていた。お気に入りのイチゴの髪飾りを付け、パンダのぬいぐるみを抱いていた。黒い服の人たちはみんな泣いているみたいだ。どうしてみんな泣いているのか聞こうと思いママを見上げると、ママもハンカチで涙を拭いていた。聞くのをやめて辺りを見回すと、写真の近くにトモちゃんのママが座っていた。トモちゃんのママがいるのに、どうしてトモちゃんがいないのだろう。ワタシは人混みの中、目でトモちゃんを探した。どうしてもトモちゃんを見つけたかった。今トモちゃんを見つけないと、もう二度と会えないような気がした。

「ねえ、トモちゃんはどこにいるの」

「あのね、トモちゃんはね、遠いところへ行っちゃったの」

ワタシの問いにママが答えた。ママの言っていることがよくわからなかった。

葬式は初めてだったし、そこで何が行われているかなどわかるわけがなかった。ただ、トモちゃんの笑顔とまわりの人たちの悲しげな顔があまりにも対照的なのが不思議だった。

家に戻って部屋の片隅をふと見ると、仏壇におじいちゃんの笑顔の写真が置いてあった。写真の両側には花が飾られている。おじいちゃんはお話の中だけに生きていて、ワタシは本物のおじいちゃんには会ったことが一度もなかった。さっき見たトモちゃんの写真とそのまわりに飾られていた花を思い出した。突然、トモちゃんがおじいちゃんと同じ世界に行ってしまったことに気がついた。それと同時に涙がとめどなくあふれ出した。ワタシはママに駆け寄り、泣きながらしがみついた。ママはワタシのことを強く抱きしめてくれた。ママの身体はワタシと一緒に震えていた。

＊　＊　＊

ベッドから起き上がり、窓を開けてみた。凍った風が部屋に流れてきた。窓の外はまだ雪が降り続いている。小さい頃は雪が積もることが今よりも多かった気がする。今では都会での積雪は珍しい。でも今日の雪はすでに地面を白く覆い隠していた。明日の朝には相当積もっていることだろう。トモちゃんとサヨナラしたあの日のように。

ワタシのゼンソクは高校生の頃には治っていた。母は、きっとトモちゃんが治してくれたんだよと言った。

小さな頃に友達の死を経験する人はあまりいないだろう。人生の中の一大事件として、思い出の中で大きな割合を占めていてもおかしくない、みんなそう思うだろう。けれども、あの頃のワタシはあまりにも幼かったから、年を取るとともにトモちゃんと遊んだ記憶も徐々に薄れていった。遊び飽きて、放りっぱなしになったクマのぬいぐるみのように。

しかしときどき、こんな眠れぬ夜にトモちゃんの笑顔を思い出す。ただなぜかわからないが、それはいつも一緒に遊んでいたトモちゃんの笑顔ではなく、花に囲まれた写真の中のトモちゃんの笑顔だった。

クレヨンで描いた町（大人のための童話）

その日、地球は色を失った。

テレビでは世界各地からの映像が流れたが、どの画像からも色が抜け落ちていた。すべてのものが輪郭だけの存在だった。

日本の深夜番組（自己主張が一番上手いのは誰かを競い合う、ディベートとはほど遠い、ある討論番組）でも、すぐにこの「世界から色が消えた」問題は取り上げられた。

ある天文学者は、「太陽に異変が起き、地球に届く光の量が大幅に減少したのではないか」と推論した。

ある社会学者は、「パソコンやスマホなどの電子機器を使いすぎて、人間の目が退化し始めたのではないか」という仮説を立てた。

ある神経科学者は、「人間の色に対する欲望が肥大化したため、視神経がそれに耐えられなくなったのだ」と説明した。

ある宗教家は、「人間の自然に対するあまりにも横暴な態度に、ついに神が鉄槌を下したのだ」と主張した。

あるモラリストは、「人間が無駄づかいしすぎたため、色を使い果たしてしまったのだ」と嘆いた。

ある外務省出身の国際政治評論家は、「ライバル国が色を見えなくするウイルスを世界中にばらまいた」と非難した。

ある超能力者は、「四年後の二月十日に地球が滅亡するが、色の消失はその兆しの第一歩なのだ」と予言した。

お互いがお互いの意見を聞く耳も持たず、自分の意見を声高に主張した。司会者が他者の発言に意見を求めると、それ以外のメンバーはその主張を徹底的にこき下ろした。しかし、出演者が朝まで口角泡を飛ばし、汗びっしょりで討論したにもかかわらず、何が本当の原因なのか、はっきりした結論はひとつも出せなかった。


色のない世界は、徐々に人々の生活に影響を与えていった。

最初に現れた兆候は、購買力の減退だった。

初めにファッション業界が大打撃を受けた。奇抜なデザインの服も、色を失ってしまえば、その魅力が激減する。にぎわいを見せていたファッションブランド店は閑散とし、ファッション専門学校から学生が消えた。服装だけで個性を主張してきた若者たちは、自分を見失い、家に引きこもった。

飲食業界もすぐに厳しい状況に追い込まれた。食べ物は味覚と嗅覚だけで味わうものではない。視覚だって美味しさを味わう重要な要素であることを、あらためて人々は思い知らされた。色のない食べ物は人々から食欲を奪ってしまった。女子高生や若いＯＬたちは、ＳＮＳの写真がバエなくなったと、泣きながら家に帰った。青や紫色などカラフルな色を使った、珍しさだけで話題を振りまき、味を度外視していた飲食店がたくさんつぶれた。

観光業界もひどい有り様だった。旅行の楽しみといえば地元料理を食べ、観光名所を回ることなのに、料理が色を失ったうえ、風景さえも輪郭だけになってしまったのだから、観光客が激減するのも当然だ。多くの旅行代理店がつぶれた。外国人観光客は誰も来なくなり、外国人目当てに建てられた新築ホテルの多くも倒産した。

テレビ業界や芸能界も窮地に追いやられた。歌も今や耳で聞くより目で見る時代だ。特に大人数でダンスを踊るグループばかりとなった画面では、人の輪郭線が複雑に入り交じるだけで、何をしているのかさっぱりわからない。テレビで、中身のまったくない意見しか言わない、さるコメンテーターの女優が、キレイに映らないのは困ると怒って、出演を取りやめた。

美術学校も大わらわだった。将来、画家やデザイナーを目指していた学生たちは、自分の将来が突然消えてしまい、呆然自失した。学費返還を求める学生が毎日のようにデモ行進した。原色の使い方が個性的な著名画家が、線だけの絵を発表したが、まったく売れなかった。美術館は閑古鳥が鳴いていた。

スポーツ界も大騒ぎになった。ユニホームが色を失い、敵味方の区別がつきにくくなった。サッカーの試合では、審判がイエローカードとレッドカードの色の区別もできず、そのうえどちらのチームに出していいのかもわからず、ノイローゼになった。

競馬場では騎手の帽子の色が消えたため、とりあえず鞍(くら)に付けた馬番を大きく表示したが、何しろ馬は動いているので、双眼鏡を使って、やっと数字がわかるほどで、ほとんどの客は順位が掲示板に発表されるまで、当たったのか外れたのかわからなかった。

次に現れた兆候は、ストレスの激増だった。

心をなごませていた季節の花々からも色が消えていた。クリスマスのライトアップも中止になった。色が人々にどれだけ安らぎと心の安定をもたらしていたか、人々はやっと知ることになった。

人々は色のない世界でストレスを溜めていった。しかし、それを解消すべくブランド品の買い漁りも、食べ歩きも、旅行すらもする気になれなかった。そのストレスの矛先の一部は他人へと向けられた。夫婦ゲンカや親子ゲンカが増えた。町中でもケンカが絶えず、それを見て見ぬ振りをしている通行人にも大きなストレスを与えた。運の悪いことに、殴りあって血が流れても、血が赤く見えないので出血しているのかどうかよくわからない。どちらかが倒れて動けなくなるまで、とことんケンカは続けられた。パトカーや救急車のサイレンが町にあふれた。事件に巻き込まれるのを恐れた人々は、家に閉じこもり、外出しなくなった。

ストレスを内に溜めこんだ人々の多くはうつ病になり、これまた家から出られなくなった。

町から人が消え失せた。

色の喪失は、夫婦生活にも影響を及ぼした。夫婦の離婚件数は一気に増え、多くの弁護士は休日返上で働いた。

ケンカしなかった夫婦にも問題が発生した。色がいつ戻るかもわからない不安のなか、夫婦は子作りを控えた。生まれてくる色のない赤ん坊を愛せるのか不安になったのだ。輪郭だけの相手との性生活もただ虚しさしかなく、人々の性欲を減退させた。風俗産業は大幅割引キャンペーンを大々的に実施したが、焼け石に水だった。少子化対策は大幅な変更を余儀なくされた。それが新たな年金不安を呼び起こし、悪かった経済をさらに悪化させた。

経済評論家は、色を失ったことによる経済的損失を競って発表したが、その金額はピンキリで、どれが正しい数値なのか、誰にもわからなかった。もっともそんなことを気にしている人は誰もいなかったが。

政府内では緊急経済対策が話し合われた。与党は、これは選挙に勝つチャンスだとばかりに、国民から取り上げた税金を大量に国民へバラまいた(一部は自分たちのフトコロに入れるのも決して忘れていなかったが)。

世界中のセレブたちは、金ならばいくらでも出すから色を私に売ってくれと叫んだ。

しかし、話は経済だけでは済まなかった。最も深刻な問題が表面化したのだ。

葉緑素が緑色を失い、植物が光合成できなくなった、というニュースがネット上に出回った。植物が光合成できなければ酸素が作れない。ある専門家は、「このままだと地球上の酸素は減り続け、50年後には枯渇する」と発表した。マスコミは酸素が減り、植物も動物も死滅して、世界は食糧難となり、餓死者が大量に発生すると、毎日のようにこぞって大衆を煽りたてた。

世界的大企業は慌てて酸素ボンベを買い占め、それまでの定価の千倍の値段で売り始めた。それでも金持ち連中は我先にと買い漁った。貧乏人は神様に祈りを捧げることしかできなかった。

世界中の科学者たちが、ノーベル賞をもらえるチャンスだとばかりに、色の失われた原因を追究し始めた。しかし、それに成功する者は一人も現れなかった。

＊　＊　＊

ある町にお絵かきの大好きな男の子がいました。幼稚園でみんなが外を駆け回っていても、その男の子だけは一人、画用紙に向かって赤や青や黄色や緑のクレヨンなどを使って、イヌやネコやお花やお家、パパやママの顔を描いていました。

家でも男の子は、クレヨンさえあれば絵ばかり描いているので、ママにとってはまったく手のかからない子供でした。

それがある日、突然色がなくなってしまったのだから大変です。男の子の悲しみようといったら、それはそれは見てもいられないほどでした。

男の子は毎日毎日泣きました。幼稚園にも行かなくなりました。食事だってノドを通らないのですから、ママは本当に困ってしまいました。

病院に連れていっても、薬をむりやり飲ませても治りませんでした。ママにはもう神様にすがるしか方法はありませんでした。

「どうか息子に色を与えてください。どうか息子にクレヨンを与えてください」

ママは毎日毎日神様に祈り続けました。

●青のクレヨン

ある朝、男の子が目を覚ますと、枕元に青色のクレヨンが置いてありました。男の子は大喜びでママの元へと走っていきました。

「ママ、起きたら僕の隣に青いクレヨンが置いてあったんだ」

「まあ、それは良かったね」

ママはついつい涙を流してしまいました。ママの熱心な祈りを空から神様が見ていたに違いない。ママは神様に感謝の祈りを捧げました。

「僕、お外に行って、色を塗ってくるね」

男の子は走って外へ飛び出しました。

まずは近くを流れる川に行って、流れている川の水を青色に塗りました。

次に男の子は上を見上げました。お空にも色はありませんでした。

「よし」男の子は広い空を青一色に塗りつぶしました。お空は塗る場所がたくさんあったので、青いクレヨンはあっという間になくなってしまいました。

「ちぇっ、全部塗れなかったよ」

男の子は残念そうに家に帰りました。

青色には心身を落ち着かせ、感情を抑える効果があります。町の人たちは窓から青い空を見つめました。パニックに陥っていた人たちは、冷静さを少し取り戻しました。

●赤のクレヨン

次の日、男の子が目覚めると、今度は赤色のクレヨンが枕元に置いてありました。男の子は大喜びでママの元へと走っていきました。

「今日は赤色のクレヨンが置いてあったよ。お外に行って、色を塗ってくるね」

男の子は走って外へ飛び出しました。

あまりにも勢いよく飛び出したので、男の子は転んでしまいました。男の子はヒザから流れていた液体を赤く塗りました。ついでに家の近くにあったポストを赤く塗りました。消防車も赤く塗りました。公園に咲いていたバラの花も赤く塗りました。少しずつ町にも人が出始めていました。男の子は会う人会う人の唇を赤く塗ってあげました。

次に男の子は上を見上げました。お日さまにも色はありませんでした。

「よし」男の子は太陽を赤く塗りつぶしました。太陽は塗る場所がたくさんあったので、赤いクレヨンはあっという間になくなってしまいました。

「ちぇっ、全部塗れなかったよ」

男の子は残念そうに家に帰りました。

赤色は情熱の色です。強いエネルギーに満ちた色です。ふさいでいた町の人たちは赤い太陽を見上げて、自分たちも頑張らなければいけないと思いました。人々が外に飛び出しました。町が活気を取り戻し始めました。

●緑のクレヨン

その次の日の朝、男の子の枕元に緑色のクレヨンが置いてありました。男の子は大喜びでママの元へと走っていきました。

「今日は緑色のクレヨンが置いてあったよ。お外に行って、色を塗ってくるね」

男の子は走って外へ飛び出しました。

男の子は公園に行きました。芝生や葉っぱに緑色を塗りました。街路樹にも緑色を塗りました。その町は元々緑にあふれる町だったので、緑色のクレヨンはあっという間になくなってしまいました。

「ちぇっ、全部塗れなかったよ」

男の子は残念そうに家に帰りました。

緑色には見る人に安心と安らぎを与える効果があります。枯れかけていた草木が赤い太陽に向かって顔を伸ばしました。町の人たちは光合成ができるようになったから、酸素がなくなる心配をしなくて済むとホッとしました。人々のストレスはみるみるうちに減っていきました。うつ病患者も減りました。町が元の姿を取り戻し始めました。

●黄色のクレヨン

またまた次の日の朝、今度は黄色のクレヨンが男の子の枕元に置いてありました。男の子は大喜びでママの元へと走っていきました。

「今日は黄色のクレヨンが置いてあったよ。お外に行って、色を塗ってくるね」

男の子は走って外へ飛び出しました。

八百屋さんにバナナとパイナップル、それにレモンが置いてありました。男の子はそれらをすべて黄色に塗りました。公園のタンポポも黄色く塗りました。

次に男の子は上を見上げました。お日さまは赤かったのですが、町に届いているはずの日光には色はありませんでした。

「よし」男の子は日光を黄色く塗りつぶしました。町中に広がる日光を黄色く塗ったので、黄色いクレヨンはあっという間になくなってしまいました。

「ちぇっ、全部塗れなかったよ」

男の子は残念そうに家に帰りました。

黄色は人々に希望と喜びを与える色です。太陽の光が黄色く輝き、町の人たちの心はウキウキしました。少し前までは人類が滅びてしまうのではないかと怯えていた人たちも、いい気なもので、そんなことはすっかり忘れていました。町が明るくなって、未来も明るくなりました。

●茶色のクレヨン

男の子が目を覚ますと、今度は茶色のクレヨンが男の子の枕元に置いてありました。男の子は大喜びでママの元へと走っていきました。

「今日は茶色のクレヨンが置いてあったよ。お外に行って、色を塗ってくるね」

男の子は走って外へ飛び出しました。

男の子は茶色のクレヨンで地面を塗りました。コンクリートの地面が土の地面に変わりました。道路には自然と草が生え、花が咲くようになりました。

それでも地面はどこまでも続いていたので、茶色のクレヨンはあっという間になくなってしまいました。

「ちぇっ、全部塗れなかったよ」

男の子は残念そうに家に帰りました。


茶色は土や木の色であり、自然の温もりを感じさせる色です。彩度は低いものの、暗さを感じさせないので、緊張を和らげ、信頼感を与える効果があります。町の人たちもケンカしなくなり、安心して近所付き合いを再開しました。

●黒のクレヨン

次の日、男の子が目を覚ますと、黒いクレヨンが男の子の枕元に置いてありました。

男の子は大喜びでママの元へと走っていきました。

「今日は黒いクレヨンが置いてあったよ。お外に行って、色を塗ってくるね」

男の子は走って外へ飛び出しました。


男の子は町で出会った人たちや木々、建物などの影を塗りました。色が戻ってきたとはいえ、どこか平面的だった町の景色が立体的に見えるようになりました。

「そうだ、家に帰らなくちゃ」

男の子は急いで家に帰り、ママの髪の毛を黒く塗りました。白髪を染色するのは大変だとママが言っていたのを思い出したのです。それで黒いクレヨンはなくなりました。

ママは大喜びしました。ハゲ頭のジイちゃんが来て、

「おいおい、せっかくなんだから僕の頭も塗ってくれよ」

と言いましたが、もう黒いクレヨンはないのだから、塗れませんでした。


黒は暗闇や孤独、恐怖などを連想させる色です。ただ、黒は引き締まった色なので、シックで、高級感、重厚感のある色でもあります。人々は陽気になりすぎた気分を引き締め、元の日常まであと少しのところまできました。

●白のクレヨン

あくる日は、白いクレヨンが男の子の枕元に置いてありました。

男の子は大喜びでママの元へと走っていきました。

「今日は白いクレヨンが置いてあったよ。お外に行って、色を塗ってくるね」

男の子は走って外へ飛び出しました。


男の子は横断歩道を白く塗りました。牛乳屋さんへ行って、ミルクも白く塗りました。お空の雲も白く塗りました。

「そうだ、家に帰らなくちゃ」

男の子は急いで家に帰り、おうちの壁を白く塗りました。前にパパが、

「そろそろ家の外壁を塗り直さないといけないな」

と言っていたのを思い出したのです。白いクレヨンはほとんどなくなっていました。

「ジイちゃん、白なら塗ってあげるよ」

男の子はジイちゃんの頭を白く塗ってあげました。ジイちゃんは少し照れていましたが、

「ありがとう」

と言いました。これで白いクレヨンもなくなりました。


白には無垢なイメージがあり、すっきりした清涼感のある色です。白のまっさらな状態は新たな始まりを印象づけます。町は清らかで、清潔になりました。町の人たちの未来が輝きを放ちました。

●いろんな色のクレヨン

それからも、男の子の元には毎日いろんな色のクレヨンが届きました。男の子はいろんな場所をいろんな色で塗りました。色が足りなかった部分は、次から次へと届いたク

レヨンを使って塗っていきました。そのため、動物園のキリンが紫色に、パンダがピンク色に、シマウマが橙色に塗られたりしました。
元の世界の色とは違ってしまいましたが、そんなことをとやかく言う人など一人もいませんでした。まわりの人たちはニコニコしながら、男の子の塗り絵を優しく見守りました。

地球に色が完全に戻りました。
さてこの間、大人たちはいったい何をしていたのでしょうか。

〈著者紹介〉
水木 三甫（みずき みつほ）
一九六三年、東京都生まれ。慶應義塾大学商学部卒。会社員を経て、五十歳から小説を書き始める。“奇妙な味”で“皮肉な結末”、“大どんでん返し”が待っている短編小説を得意とする。
著書に『「本当の自分」殺人事件』（二〇二一年、幻冬舎）がある。

あなたの子供(こども)が生(う)みたかった

2024年6月13日　第1刷発行

著　者　　水木三甫
発行人　　久保田貴幸

発行元　　株式会社 幻冬舎メディアコンサルティング
〒151-0051　東京都渋谷区千駄ヶ谷4-9-7
電話　03-5411-6440（編集）

発売元　　株式会社 幻冬舎
〒151-0051　東京都渋谷区千駄ヶ谷4-9-7
電話　03-5411-6222（営業）

印刷・製本　中央精版印刷株式会社
装　丁　　弓田和則

検印廃止

Printed in Japan
ISBN 978-4-344-69070-7　C0093
幻冬舎メディアコンサルティングＨＰ
https://www.gentosha-mc.com/